Drachen und Schlangen

*Die mythologischen Bösewichte
in neuem Licht*

Daniela Mattes

Drachen und Schlangen

*Die mythologischen Bösewichte
in neuem Licht*

Bibliografische Information der Deutschen Nationalbibliothek:
Die Deutsche Nationalbibliothek verzeichnet diese Publikation in der Deutschen Nationalbibliografie; detaillierte bibliografische Daten sind im Internet über http://dnb.dnb.de abrufbar.

TWENTYSIX – Der Self-Publishing-Verlag
Eine Kooperation zwischen der Verlagsgruppe Random House und BoD – Books on Demand

© *2019 Daniela Mattes (erweiterte Neuauflage)*

Herstellung und Verlag:
BoD – Books on Demand, Norderstedt

ISBN: 9783740713836

Lektorat: Katharina Lindner

Inhaltsverzeichnis

Vorwort zur Neuausgabe 2019   S. 8

Teil 1 Die Welt der Drachen

Die Drachen in der Legende   S. 9

Drachen-Kurzgeschichten:

Der Lindwurm von Klagenfurt (Action)   S. 15
Lóng, der Glücksdrache (Romantik)   S. 37
Karl-Heinz der Drache (Spaß)   S. 48
Die Befreiung des Leviathan (Märchen)   S. 56

Teil 2 Die Welt der Schlangen

Die Welt der Schlangen   S. 64
Galaru, die Regenbogenschlange   S. 75
  - Eine schamanische Kurzgeschichte
Quellangaben   S. 91
Über die Autorin   S. 93
Weitere Bücher der Autorin, Lesetipp   S. 94

Vorwort zur Neuausgabe 2019

In diesem Buch sind die beiden E-Books *„Fabel-haft - Fabelwesen neu interpretiert"* und *„Galaru, die Regenbogenschlange"* als Printausgabe vereint.

Die Illustrationen sind gegenüber der E-Book-Ausgabe verändert, doch hier gibt es zusätzliche Infos über die mythologischen Hintergründe der Drachen und Schlangen.

Falls Sie Lust auf mehr Mythologie bekommen: Besonders viele Informationen bieten die Sagen des klassischen Altertums, die Gustav Schwab gesammelt hat. Die Texte sind online verfügbar, beispielsweise im Projekt Gutenberg.

Bei meinen Geschichten handelt es jedoch nicht um Sagenmaterial, die lieben Drachen erleben völlig eigene Geschichten ... Viel Vergnügen im Reich der Schlangen und Drachen!

Juni 2019

Teil 1
Die Welt der Drachen

Die Drachen in der Legende

Drachen und Schlangen sind ähnliche **Mischwesen**. Denn Schlangen werden oft geflügelt dargestellt, Drachen haben meist einen Schlangenkörper, ebenfalls **Flügel**, häufig **Pranken** von Raubtieren oder **Klauen** von Raubvögeln und dazu entweder ohnehin den Schlangenkörper oder zumindest die **Schuppen** der Reptilien.

Meistens haben Drachen vier Beine und einen langen Schwanz, vergleichsweise wie ein Waran oder ein Dinosaurier. Nur haben die heutigen Reptilien und Warane keine Flügel und die Dinos sind ausgestorben.

Häufig wurde den Drachen nachgesagt, dass sie **Feuer speien** können. Sie haben eine gespaltene Zunge und einen giftigen Atem. Außerdem können sie nicht nur fliegen, sondern wahlweise auch schwimmen oder wie die Schlangen kriechen.

Es gibt aber auch Drachen, die keine Beine haben und sowieso nur kriechen wie eine Schlange. Überwiegend werden sie hässlich dargestellt.

In vielen Märchen und Sagen mussten Helden ausziehen, um den Drachen zu bekämpfen. Viele Königssöhne und tapfere Ritter tummeln sich in den Geschichten, die sich auf die Reise machten, um den Drachen zu erschlagen und die Prinzessin zu retten, die als Menschenopfer für den Drachen gedacht war.

Auch in der christlichen Mythologie gab es heilige Männer (wie den Heiligen Georg), der den Drachen tötete. Sogar der Erzengel Michael wird als Drachentöter dargestellt.

Es gibt einen großen Unterschied zwischen der westlichen und orientalischen sowie der östlichen Überlieferung. Denn in der einen Erdhälfte steht der Drache für ein hässliches Ungeheuer, während die eher hübschen asiatischen Drachen Regen spenden und Fruchtbarkeit und Glück bringen.

Außerdem verkörpern sie die Macht des Kaisers. Denn die chinesischen Kaiser betrachteten sich als Nachfahren der Drachen. Das Urkaiserpaar soll selbst halb Mensch und halb Drache gewesen sein!

Der Drache war Angst einflößend und Furcht erregend und viele antike Herrscher haben die Drachensymbolik als Bild in ihr Wappen oder als Bestandteils ihres Namens aufgenommen. Beispielsweise gibt es einen goldenen und einen roten Drachen im Wappen von Wales und einen roten auf der Flagge.

Ganz bekannt ist auch das Motiv, dass die Drachen große Schätze bewachen, wie in der nordischen Edda oder in der Legende von Beowulf. Diese Schätze werden auch „Drachenhort" genannt.

Im Nibelungenlied aus dem 13. Jahrhundert bezwingt der Held Siegfried ebenfalls einen Drachen, der einen Schatz bewacht. Das Nibelungenlied wurde erst im 18. Jahrhundert wiederentdeckt und darin Siegfried als deutscher Held und Drachentöter dargestellt. Die Handlung wurde in die Spätantike nach Worms versetzt.

Bekannte Drachen

Auf alten Rollsiegel-Funden in Sumer (Uruk) findet man Darstellungen von Schlangen- und Löwendrachen, die bis auf eine Zeit von 4.000 v. Chr. zurückgehen. Schon damals kannten die Menschen also seltsame drachenartige Mischwesen.

Später in Akkad und Mesopotamien haben solche Drachen an der Seite der Götter gekämpft und es gab erste Hinweise auf Drachentöter, wie in unseren Drachen-und-Ritter-Geschichten aus dem Mittelalter. Diese Drachentöter waren allerdings keine einfachen Helden, sondern Götter. Beispielsweise hat der babylonische Gott Marduk gegen die Meeresschlange **Tiamat** gekämpft.

Auch in der Bibel wird der Drache häufiger erwähnt, er kommt vor allem in der Offenbarung vor, wo Erzengel Michael gegen ihn kämpft und wo er als Teufel dargestellt wird („Und er griff den Drachen, die alte Schlange, welche ist der **Teufel** und Satan, und band ihn tausend Jahre", Offenbarung 20:2).

Diese teuflische Verbindung wird dann auch im Mittelalter beibehalten. Außerdem wird der Drache **Leviathan** (laut Bibel eine Mischung aus Wal, Krokodil, Drachen und Schlange) erwähnt, eine gefährliche Meeresschlange.

In Indien kämpft Gott Indra gegen einen dreiköpfigen Drachen, bei den Griechen wimmelt es regelrecht von berühmten und gefährlichen Drachen – die dort allerdings in Schlangenform erscheinen. Zu nennen wären die neunköpfige **Hydra** oder der hundertköpfige **Typhon**.

Die Hydra ist eine gefährliche Wasserschlange mit vielen Köpfen. Schlägt man ihr einen ab, wachsen an derselben Stelle zwei neue nach. Sie ist die Tochter von Typhon (Sohn von Gaia und Tartaros) und eine Schwester von Zerberus (dem Höllenhund mit den drei Köpfen, der den Eingang zur Unterwelt bewacht), der Chimäre (ein feuerspeiendes Mischwesen aus Löwe, Ziege und Drache oder

Schlange) und der Sphinx (einem Ungeheuer mit Flügeln, ein Dämon, die der Legende nach den Reisenden in der Nähe von Theben Rätsel zu lösen gab. Wer die Lösung nicht wusste, wurde gefressen).

Sie war allerdings nicht auf das Leben im Wasser angewiesen. Sie konnte jederzeit an Land kommen und dort Vieh reißen, wenn sie Hunger hatte.

Abb. 1: *Herkules und Iolaus eschlagen die Hydra, 1545 (von Hans Sebald Beham)*

Bekannt ist auch der mehrköpfige Drache **Ladon**, der die goldenen Äpfel der Hesperiden bewacht. Die Anzahl der Köpfe schwankt je nach Quelle zwischen 2 und 100. Den Auftrag zur Bewachung der Äpfel hatte er von der Göttin Hera erhalten. Doch als Herakles auf seiner Mission gezwungen wurde, die Äpfel zu klauen, musste er Ladon erschlagen. Er wurde als Sternbild Drache von Göttervater Zeus an den griechischen Sternenhimmel versetzt.

Bei den alten Griechen sind Meeresungeheuer in Form von Seeschlangen allgegenwärtig.

Bei den Germanen und den Wikingern waren die Drachen gleichermaßen beliebt. Drachenköpfe finden sich als Galeonsfiguren am Bug der Schiffe, aber auch als Verzierung auf Gegenständen wie Steinen oder Waffen und alten Kirchen.

Bei den Skandinaviern waren Drachen hilfreiche Geschöpfe, denn sie schützen die Menschen vor bösen Geistern. Von ihnen stammt auch der Begriff „**Lindwurm**", der sich auf eine Schlange bezog und den die Germanen später als fliegendes Ungeheuer in die eigene Mythologie übernahmen.

Abb. 2: Begegnung mit dem Tatzelwurm (Johann Jakob Scheuchzer, 1723)

In Deutschland ist das Fabeltier „**Tatzelwurm**" in den Alpen bekannt. Er gilt als kleinere Ausgabe des Drachen oder Lindwurms. Angeblich wird er bis zu 2 Meter lang und hat den Körper eines Reptils, aber den Kopf eines gefährlichen Raubtiers.

Die Würmer leben im Berg beziehungsweise in den Höhlen und Gängen, die sie sich selbst mit ihren zwei Pranken (Vorderbeinen) graben. Sie sind eher scheu und verstecken sich gern, wenn sie aber auf den Menschen treffen, reagieren sie äußerst aggressiv und angriffslustig.

Waren Drachen Dinosaurier?

Nach der Entdeckung der ersten Saurierskelette wurde die Wissenschaft auf die Dinosaurier aufmerksam und versuchte, sie als Erklärung für die mythologischen Drachen heranzuziehen. Immerhin handelte es sich um große, starke Echsen mit langem Schwanz, was zumindest ansatzweise zu den Beschreibungen der Drachen passte.

Die Paläontologie und die Kryptozoologie vermuten dahinter verschiedene Saurier wie beispielsweise den Pterodactylus giganteus, der jedenfalls fliegen konnte und eine Flügelspannweite von knapp 5 Metern besaß!

Aber auch die heute noch lebenden Exemplare der Komodowarane könnten als „Drachen" interpretiert werden. Es ist allerdings unklar, wieso man diese Tiere als fliegende Ungeheuer, die Feuer speien, hätte umdeuten sollen.

Auch ein Meeresungeheuer weilt noch unter uns, wenn man den Legenden um das Ungeheuer von Loch Ness Glauben schenken darf. Das berühmte Foto, das **Nessie** zeigt, ist nachweislich ein Fake. Trotzdem wird diskutiert, ob es sich bei Nessie um einen Plesioraurus handelt, der aus irgendeinem Grund seit Urzeiten in dem See überlebt haben soll.

Drachen-Kurzgeschichten

Und jetzt begeben wir uns auf einen kurzen, nicht ganz ernst gemeinten Streifzug durch die Welt der Drachen und interpretieren einige Vertreter dieser Gattung auf unsere eigene Art und Weise.

Der Lindwurm von Klagenfurt

Missmutig schloss Albert die Tür zum Labor auf und schaltete das gleißend helle Licht an, das ihm den tunnelartigen Weg in einen Forschungsbereich erleuchtete.

Nachtschicht war immer scheiße, fand er, denn dann waren sie höchstens zu dritt – er, der Wachmann und der Hausmeister, der erst abends seine Runde drehte, wenn wenig Betrieb war, um niemanden zu stören. Er kontrollierte dann die technischen Geräte, überprüfte die Lampen und dergleichen mehr.

Albert bekam den Wachmann und Hausmeister kaum einmal zu Gesicht. Er konnte sich vorstellen, dass auch diese beiden Herren nicht allzu erfreut waren von den Nachtschichten.

Das lag einfach daran, dass das gesamte Gebäude eine irgendwie gruselige Ausstrahlung besaß, die man nachts stärker spürte als tagsüber, wenn der Gebäudekomplex voll besetzt war.

Albert passierte die Sicherheitsschranken und den Desinfektionsnebel und ging dann durch eine weitere Sicherheits- und Schutztür in seinen eigentlichen Arbeitsbereich, wo ihn scharrende Geräusche daran erinnerten, dass er sich nicht alleine in dem Raum befand.

Die „*Animal Gen-Tech Association*" befand sich in den ehemaligen Räumen eines zoologischen Gartens, der in der Nähe von Klagenfurt am Rand des Sumpfes erbaut worden war. Dort hatte es auch Freizeitanlagen und Wanderwege gegeben, doch als sich der Sumpf auszubreiten begann, wurde der Unterhaltungsaufwand für die morastigen Wege zu hoch und die Anlagen zogen auch weniger Besucher an.

Der Supergau war das große Unwetter von 1963, als der Zoo unter Wasser stand und nur wenige Tiere gerettet werden konnten. Die meisten ertranken im Sumpf oder wurden weggeschwemmt. Umfangreiche Trockenlegungsarbeiten wurden unternommen, um zumindest nach den Verschollenen, wenn auch nicht nach den Tieren, zu suchen.

Danach war das Gelände bis Ende der 80er Jahre brach gelegen und hatte nur ab und zu einige vorwitzige Teenager und Abenteurer angezogen, die sich einen gewissen Kick von dem Besuch der düster-sumpfigen Umgebung erhofften.

Viele kehrten von ihrem Ausflug nie zurück und für die Angehörigen war nach den ergebnislosen Suchmaßnahmen klar, dass die Vermissten irgendwo im Sumpf stecken geblieben und untergegangen waren.

Albert ging vorsichtig die Käfigreihe ab und beobachtet aufmerksam, ob es allen Tieren gut ging und Futter und Wasser vorhanden waren. Dann setzte er sich an seinen Schreibtisch und schaltete seinen Computer ein.

Die Stadt wusste nicht, was sie mit dem Gelände anfangen sollte und zum Glück meldete sich die dänisch-französische „*Animal Gen-Tech Association*", die sich der Erforschung von verschiedenen historischen Lebewesen verschrieben hatte, die sie mittels Einsatz von Gentechnik wieder beleben wollten.

Darunter fielen aber nicht Dinosaurier, sondern historische Arten von Nutzvieh, besonders abgehärtete Schaf- und Rinderrassen, das Urpferd und ähnliche ausgestorbene Rassen, die man zurückzüchten wollte.

Der abgelegene Ort und die bereits bzw. noch vorhandenen Gehege waren optimal für diese Firma und aufgrund der umfangreichen Restaurierungsarbeiten, die notwendig waren, um alles in Schuss zu bringen, war der Kaufpreis geradezu lächerlich niedrig. Ein Schnäppchen also.

Dennoch haftete dem gesamten Bezirk etwas Gruseliges an, was sich nicht recht in Worte fassen ließ. Angeblich waren in der sumpfigen Landschaft schon von jeher Wanderer, Touristen oder in historischen Zeiten auch die ansässigen Jäger und Sammler ums Leben gekommen und spukten nun unruhig im Moor herum.

Albert versuchte, sich bei seinen Nachtschichten keine Gedanken über irgendwelche Legenden oder spukende Moorleichen zu machen. Er hatte genug Arbeit an der Backe, die er als mindestens ebenso gruselig empfand.

Nach den ersten regulären Forschungen, die auch nach außen hin propagiert und dokumentiert wurden, fanden unter strengen Sicherheitsvorkehrungen allerdings auch andere Forschungen statt. Hybridzüchtungen, bei denen versucht wurde, Reptilien und Vögel zurückzuzüchten in die ehemaligen Formen ihrer Vorfahren.

Nachdem neuste Forschungen zeigten, dass die Dinos gefiedert waren, eröffneten sich ganz neue Perspektiven, denen die Animal Gen-Tech Association nachging – natürlich nur im Geheimen, versteht sich.

Hinter Albert zischte es und er blickte sich unruhig um. Kalte schwarze Augen starrten ihm aus Käfig Nummer 3 entgegen. Hubert, so hatte er das Untier genannt, fixierte ihn mit einem grimmigen Blick. Hubert war der Stolz der ganzen Abteilung, eine überdimensionale Echse mit vier Beinen und kleinen Flügeln, die eher Flossen waren (was sich beim Einsatz im Wasserbecken zeigte) und einem langen, muskulösen und todbringenden Schwanz.

Ein schneller Blick zum Tor und dem Schloss zeigten Albert, dass Hubert nicht aus dem großen Käfig herauskonnte. Dafür hatte er mit seiner Unruhe seine noch kleinen Artgenossen angesteckt, die nun alle zu zischeln begannen.

„Was ist denn nur los mit euch?", fragte Albert laut. Aber nicht, weil die Tiere ihn verstehen konnten, sondern mehr, um sich selbst zu beruhigen. Huberts Käfig zeigte in Richtung Labor nur einen begrenzten Teil des Umfangs, gerade mal einen kleinen Bereich von drei Metern Länge mit stabilen Gittern.

Doch nach hinten hatte Hubert Auslauf im ehemaligen Elefantengehege. Bei seiner stattlichen Länge von 16 Metern brauchte er auch ein klein wenig mehr Bewegungsspielraum als seine kleinen ein Meter langen Gesellen.

Während Albert nochmals leicht beunruhigt die Käfigreihe kontrollierte, ertönte eine laute Sirene und das Warnlicht an der Decke begann zu pulsieren. Albert schrak zusammen und stürzte zu seinem Computer, um zu sehen, welche Art von Alarm angezeigt wurde.

Von einer fehlerhaften Stromversorgung bis zu einem Einbruch oder einer Unwetterwarnung konnte das alles sein. Sein Computer würde die betreffende Fehlermeldung zusammen mit dem Notfallprotokoll anzeigen.

Albert fluchte. Eine große Evakuierung von Menschen würde es nicht geben, da ja nur drei Personen anwesend waren, die sich schnell ins Freie retten konnten. Aber was war mit den Tieren? Zu dritt alle Käfige und Außengehege zu kontrollieren, würde im Zweifelsfall zu lange dauern – obwohl der Alarm natürlich alle Mitarbeiter zu Hause aus dem Schlaf geschreckt hatte, die sich jetzt umgehend auf den Weg machen würden.

„Stromausfall im Außengehege", vermeldete der Computer. „Schalte Notstrom ein." Na gut, ein Stromausfall, das war nicht so dramatisch. Allerdings könnten in den fünf Minuten, die der Computer brauchte, um den Strom über den Notstromgenerator laufen zu lassen, einige Tiere in den Sumpf entwischt sein.

Albert tippte rasch seinen Zugangscode ein und ließ sich vom Computer die Pläne der Außengehege anzeigen. Die Tiere, die sich draußen aufhalten durften, waren alle gechippt und codiert und konnten vom PC aus verfolgt werden.

Tatsächlich waren einige Schafe und Rinder wohl in Panik aus dem Gehege gerannt, als vermutlich das Erste von ihnen mit dem Starkstromzaun zusammengerasselt war. Beim anschließenden Stromausfall war es kein Problem für sie, unbeschadet durch den Zaun zu rennen und sich im Sumpf zu verteilen.

„So ein Mist", schimpfte Albert. Er hatte nicht wirklich Lust, die Tiere mitten in der Nacht im Sumpf wieder einzusammeln. Die meisten würden ohnehin ertrunken sein, bis er endlich draußen war. Aber er hatte keine große Wahl. Also folgte er dem Protokoll, zog sich Notfallausrüstung 3B an und packte Rucksack, Warnleuchten, Taser, Funkgerät und was noch alles dazugehörte, ein und verließ das Labor.

„Notstrom kann nicht eingeschaltet werden. ERROR", meldete der Computer verzweifelt in den leeren Raum. „Bitte geben Sie den Sicherheitscode ein. Notstrom kann nicht eingeschaltet werden. ERROR …"

Vor dem Gebäude auf dem markierten Sammelplatz hatten sich bereits der Wachmann und der Hausmeister eingefunden, bewaffnet mit großen Taschenlampen und derselben Ausrüstung wie Albert. „Wir dürfen Cowboy spielen!", verkündete Albert und grinste schief. „Im hinteren Gehege sind einige Rinder und Schafe ausgebrochen. So wie es aussieht, liegen dort auch drei tote Rinder, die gegen den Zaun gerannt sind. Ich kann nicht mal verstehen, warum denen so etwas passiert, die halten sich doch sonst immer fern davon."

„Spielt eigentlich keine Rolle", meinte Martin, der Wachmann, und ging voran, die beiden anderen Männer folgten und leuchteten links und rechts, während Martin geradeaus den Weg erhellte. Schließlich kamen sie an den Zaun, durch den die Tiere entkommen waren. Soweit sie sehen konnten, war das Gehege mittlerweile leer, der Zaun durchgerissen.

„Verdammt!", entfuhr es Albert. „Jetzt müssen wir tatsächlich alle 30 Tiere einfangen! Und warum sind die überhaupt entkommen, der Notstromgenerator müsste doch den Zaun innerhalb kürzester Zeit wieder mit Starkstrom versorgt haben. Die nähern sich dem Zaun doch nicht, wenn er surrt und summt …"

„Halt mal kurz die Klappe", fuhr Hausmeister Sepp den wütenden Albert an. Verdutzt kam er der Bitte nach.

„Es summt überhaupt nicht!", stellte Sepp kurz und trocken fest. Die Männer standen stocksteif und mucksmäuschenstill und lauschten in die dunkle Nacht. Tatsächlich. Kein Geräusch. Der Zaun war immer noch außer Betrieb!

„Ich muss zurück und den Notstromgenerator prüfen", gab Sepp noch im Wegrennen bekannt.

„Dann sollten wir schleunigst herausfinden, welche anderen Tiere noch ins Freie gelangt sein könnten, damit wir wissen, wonach wir suchen müssen", stellte Martin fest.

Albert wurde es bei diesem Satz ganz schlecht. Offiziell gab es nur harmlose Tiere, die gesucht werden mussten. Aber wie sollte man der Öffentlichkeit beibringen, dass es große Echsen, Warane, überdimensionale Vögel und Schlangen gab, die sich in der Umgebung ausbreiten konnten?

Es wäre zwar fraglich, ob sie mit den Bedingungen im Sumpf klarkommen und lange überleben würden, aber bereits ein einziger Zwischenfall würde die gesamte Forschung auffliegen lassen – und es waren auch so schon genügend Menschen in dem Gebiet verschwunden, da musste man nicht noch mehr Aufmerksamkeit auf sich ziehen.

Der Wachmann hatte bereits sein Handy gezückt und sprach mit der Einsatzzentrale. Er gab bekannt, dass aufgrund mehrerer Stromausfälle grundsätzlich nach allen Tieren gesucht werden musste, die in der Anlage beherbergt wurden. Eine Schadensbegrenzung ließe sich erst nach dem Einschalten des Notstromaggregats und Wiederherstellung der Funktion des Starkstromzaunes feststellen.

Gottseidank waren zumindest die Reptilien des Geheimlabors noch in ihren Käfigen, dachte sich Albert. Doch er hatte den Gedanken noch nicht ganz zu Ende gedacht, als ihm siedend heiß Hubert einfiel. Der war zwar im Labor gewesen, hatte aber einen Ausgang ins Außengehege – das natürlich ebenfalls ohne Strom war. Ob er die Chance ebenfalls genutzt hatte? Nein, so schnell konnte er doch nicht sein, oder?

Albert fummelte mit fahrigen Händen sein Smartphone aus der Tasche und griff mittels seines Sicherheitscodes auf die Chipdateien der offiziell nicht vorhandenen Tiere zu ... einige der großen Raubvögel schienen noch nichts mitbekommen zu haben und saßen noch tranig in ihren Käfigen, ebenso die meisten Schlangen.

Eine Anakonda war entwischt, aber das konnte man irgendwie vielleicht erklären. Die Laborkäfige waren allesamt dicht, weil sie nicht an Außengehege angeschlossen waren – weder die sichtbaren noch die versteckten. Und dann fiel Albert das Herz in die Hose – Hubert bewegte sich zielstrebig auf das Loch im Zaun zu, also genau auf ihn und den Wachmann.

„Wir müssen sofort weg. Jetzt!", schrie er panisch und rannte davon in Richtung Gebäude, um sich dort möglichst sofort einzuschließen.

Martin blickte dem rennenden Professor erstaunt nach und wusste nicht recht, warum dieser ihn so plötzlich stehen ließ. Die Erkenntnis kam nur Sekunden später, als die Dunkelheit vor ihm noch dunkler wurde und eine riesige schwarze Masse auf ihn zukam, die ziemlich üblen Mundgeruch hatte. Aber noch bevor er schreien oder weiter darüber sinnieren konnte, hatte Hubert bereits zugebissen.

Völlig außer Atem kam Albert wieder in seinem Labor an und verriegelte manuell alle Sicherheitstüren. Der Alarm war zum Glück bereits abgestellt worden, vermutlich hatte der Hausmeister dem Krach ein Ende bereitet, als er versuchte, den Notstrom wieder in Gang zu bringen.

Jetzt konnte Albert auch die Meldung auf seinem PC sehen, der ihn immer noch darauf aufmerksam machte, dass der Generator nicht gestartet werden konnte. Nur Sekunden später verschwand die Anzeige und wurde ersetzt durch

„Notstrom erfolgreich aktiviert. Bitte kontrollieren Sie alle sicherheitsrelevanten Bereiche."

Albert sank erleichtert in sich zusammen. Zitternd prüfte er auf dem Computer den Tierbestand und ging in Gedanken durch, welche Tiere man der Öffentlichkeit weiterhin verschweigen konnte und für welche man eine Erklärung brauchte. Nun, es war nicht ganz so schlimm, wie er befürchtet hatte, tatsächlich war außer der fetten Anakonda nur Hubert entwischt.

„NUR ist gut", murmelte Albert vor sich hin. Was würde Hubert in Freiheit anstellen? Er war unberechenbar und er war hungrig. Bei seiner Größe wurde er praktisch dauernd mit irgendetwas gefüttert, um ihn friedlich zu halten. Aber in Freiheit sah das Ganze etwas schwieriger aus.

Er prüfte die Chipcodes der entwischten Schafe und Rinder und erschrak. Ok, drei waren tot und der Chip blinkte rot. Fünf waren noch im Gehege, neun blinkten ebenfalls rot, aber weiter weg, sie schienen im Sumpf stecken geblieben zu sein. Vermutlich hatten sie panisch um sich getreten und waren daher sehr rasch untergegangen.

Zehn bewegten sich noch ziemlich schnell von der Anlage weg und die restlichen Drei schienen mit Hubert zusammen wegzurennen – aber das war unmöglich! Er schaltete die Webcams mit Nachtsichtfunktion ein und richtete sie auf das Gelände, auf dem die seltsame Anordnung der Punkte auf dem Bildschirm zu sehen war.

Dort war er. Groß. Gigantisch. Gefährlich. Hubert. Aber weit und breit keine Rinder, obwohl sich doch die Chips gleichzeitig und gleichmäßig mit ihm bewegten! Albert zoomte näher heran.

„Oh mein Gott!", entfuhr es ihm. „Die rennen natürlich gar nicht gleichzeitig mit Hubert herum, sondern er hat sie gefressen und die Chips funken aus seinem Magen!"

Schwer atmend ließ er sich auf dem Stuhl zurückfallen. Jetzt war guter Rat teuer. Es galt zehn wertvolle Tiere zu retten, ohne dabei die Suchenden in Gefahr zu bringen, denn sie würden unweigerlich über Hubert stolpern.

Nachdenklich kaute Albert auf seiner Unterlippe herum. Was hatten sie sich nur dabei gedacht, ein solches Monster zu züchten? Wie sollten sie es wieder einfangen? Und das auch noch, ohne dass jemand davon Wind bekam? Sie konnten ja schlecht sagen: „Bitte suchen Sie zehn Rinder und Schafe, aber achten Sie darauf, dass Sie weder von unserer Anakonda noch von unserem nachgezüchteten Lindwurm Hubert gefressen werden."

Und er konnte die Sache auch nicht auf sich beruhen lassen, weil die gentechnisch zurückgezüchteten Tiere mehrere Millionen Euro wert waren und das Ergebnis jahrelanger Recherchen darstellten. Es war undenkbar, sie einfach aufzugeben!

Draußen gab es Tumulte und er hörte eilige Schritte. Anscheinend waren die ersten Kollegen eingetroffen, um ihm zur Seite zu stehen. Erleichtert atmete Albert auf und sah kurz darauf seine Kollegen Heiko und Emilia in den Raum stürmen.

Die beiden hatten sich bei der Arbeit kennen- und lieben gelernt, und obwohl Paare am Arbeitsplatz nicht immer eine glückliche Fügung darstellten, war es in diesem Fall ganz praktisch, dass die beiden gemeinsam an dem Top-Secret-Projekt arbeiteten. So konnten sie sich notfalls privat darüber austauschen und es war nicht zu befürchten, dass sie sich ihre Sorgen bei Außenstehenden von der Seele redeten.

Emilia hatte ihre Haare rasch zu einem Dutt gebunden und ihr ansonsten sorgfältig geschminktes Gesicht sah im Licht der Neonröhren fahl und farblos aus. Heiko hatte eine Frisur, als hätte man ihn rückwärts durch die Hecke gezogen und er war knallrot im Gesicht. Er war offensichtlich völlig außer sich.

„Hast du schon etwas unternommen?", fragte Heiko atemlos, als er ins Zimmer stürzte.

„Nein, natürlich nicht", gab Albert leicht gereizt zurück. „Die Sache ist ja schließlich nicht so einfach, oder?" Wie immer war es Emilia, die die Nerven bewahrte.

„Ok, wir vertuschen zunächst die naheliegenden Informationen. Die Daten über die Top-Secret-Projekte sind nicht im Netzwerk, sondern nur auf diesem einen Rechner. Du sicherst sie weg und überspielst die Festplatte. Dann bringst du den Rechner zu den alten, die wir für den Sperrmüll gesammelt haben.

Wir haben keine Zeit, das große Gehege von Hubert besenrein zu machen, also säubern wir das Nötigste wie seine riesigen Kothaufen, und wenn jemand fragt, war das Gehege in Benutzung durch die kleinen Echsen, die wir jedoch zum Glück wegen einer Gesundheitskontrolle alle gefangen und in die kleinen Käfige gesteckt haben, weswegen sie auch als einzige Spezies noch vollzählig sind.

Am liebsten wäre es mir natürlich, wenn überhaupt niemand diese Viecher zu Gesicht bekäme, aber so haben wir zumindest einen Plan B. Vielleicht konzentriert sich die Polizei ja auch zunächst auf die entlaufenen Tiere?"

Albert fühlte sich bei dem Plan nicht wohl und wollte gerade etwas entgegnen, als der Hausmeister hereinstürzte. Er war noch mal zum Zaun gegangen und hatte die Überreste des Wachmanns gefunden. So wie es aussah und wie er roch, hatte sich der Hausmeister direkt am Fundort erst mal übergeben. Da er nicht eingeweiht war, wusste er auch nicht, was Martin so zugerichtet hatte – die drei Anderen wussten es jedoch ganz genau.

„Sepp", wieder war es Emilia, die das Wort ergriff, „das ist ganz schrecklich, aber da es in Zusammenhang mit einem streng geheimen Regierungsprojekt steht, dürfen sie darüber kein Wort verlieren. Wirklich kein Wort. Sie haben keine Leiche gefunden, ist das klar?"

Der sonst so coole Wachmann blickte von einem zum anderen und nickte langsam. Einen Mord zu vertuschen, darum war er in seiner Karriere noch nie gebeten worden. Und er hatte auch noch nie irgendwelche seltsamen, gefährlichen oder illegalen Dinge in der Firma zu Gesicht bekommen. Es musste sich also tatsächlich um eine sehr dringende, sehr geheime Angelegenheit handelt.

„Sepp, gehen Sie nach Hause und ruhen Sie sich raus!", sagte Emilia nochmals sehr sanft zu ihm und schob den nach Kotze stinkenden Hausmeister vorsichtig in Richtung Tür. Er wollte noch etwas entgegnen, doch da hatte sie die Tür bereits hinter ihm geschlossen.

„Wie kannst du nur in solchen Situationen die Nerven bewahren?", fragte Heiko erstaunt, aber auch mit ein wenig Stolz in der Stimme.

„Weil es diese Situationen einfach erfordern", gab Emilia zurück. „Wir müssen den Wachmann entsorgen und das am besten im Krematorium. Und zwar schnell."

Das Krematorium wurde häufig genutzt, um fehlgeschlagene Züchtungen, tot geborene Tiere und anderen genetischen Abfall zu verbrennen, um ihn vor den Zugriffen anderer Genforscher zu schützen. Elvira rannte im Laufschritt hinaus und die anderen folgten ihr.

Auf dem Parkplatz sammelten sich langsam weitere Autos der anderen Mitarbeiter, die länger benötigt hatten, weil es schließlich Freitagabend war und sie nicht alle direkt vor Ort zu Hause saßen und auf einen dringenden Anruf warteten.

„Albert, lenk sie ab und führ sie ins Besprechungszimmer und bring alle auf den neusten Stand. Wir kümmern uns um den Rest!" Albert nickte und ging den Kollegen und seinem Chef entgegen, der soeben in festlicher Kleidung eilig die Firma betrat. Man hatte ihn von der Hochzeit seiner Tochter weggeholt und er war darüber alles andere als erfreut.

Während Albert die anderen Mitarbeiter in den Besprechungsraum führte und die Lage schilderte, hetzten Heiko und Emilia zu den Schuppen, um den Kran zu holen. Das Krematorium hatte mehrere Zugangsschächte aus den verschiedenen Gehegen, da man die toten Tiere aufgrund ihrer Größe und ihres Gewichtes nicht jedes Mal durch die gesamte Anlage schleifen wollte.

Und zu Beginn der Probezüchtungen kam es häufig zu Todesfällen. Tot geborene Kälber, Schafe mit mehreren Beinen oder epileptischen Anfällen und Herzfehlern und viele andere Dinge mehr. Da war es praktisch, sie über die feuersichere Klappe einfach ins Krematorium rutschen zu lassen.

„Wenn der Hausmeister sich die Seele aus dem Leib gekotzt hat, dann müssen wir uns darauf vorbereiten, dass es nicht sehr lustig aussieht, was wir vorfinden werden", gab Emilia zu bedenken.

„Dein Plan hat aber eine Lücke", warf Heiko ein, der fasziniert beobachtete, mit welcher Sicherheit und Gründlichkeit Emilia die notwendigen Arbeiten vornahm. Sie zückte das Handy, schoss kurz ein Foto der toten Tiere und hängte dann schon die Kadaverreste an den Kran, um sie die 25 Meter bis zum Schacht zu schleifen.

Der Deckel ließ sich vom Kran aus funkgesteuert öffnen. So schnell sie konnte, fuhr sie hin und her, um die Tiere verschwinden zu lassen. Dann ging sie die Sache mit dem Hausmeister an. Die Reste verschwinden zu lassen, war kein Problem, aber sie verstand, was Heiko angedeutet hatte. Es gab Blutspuren auf dem Gras und man würde Proben nehmen und herausfinden, wer dort ums Leben gekommen war.

Sie überlegte kurz und zog sich dann ihre Handschuhe über, bevor sie die wenigen Reste von Martin zusammensammelte und in den Krematoriumsschacht warf. Heiko schloss vom Kran aus die Klappe und zündete das Feuer, um den Brennvorgang zu starten.

„Wir haben so viel getan, wie wir konnten. Und wir müssen ja nicht erklären, was mit dem Hausmeister geschehen ist, denn wir waren nicht hier und haben lediglich sofort die Rinder entsorgt, um den Verwesungsgestank einzudämmen und die DNA-Proben zu sichern, gegen unbefugte Spione der Konkurrenz."

Heiko stimmte seiner Frau zwar zu, blieb aber skeptisch. Irgendwann würde das doch sicher auffliegen, oder?

Auf der Polizeiwache von Klagenfurt klingelte in dieser Nacht das Telefon und der diensthabende Beamte hatte das seltsamste Gespräch seiner Laufbahn.

„Hallo, ist dort die Polizei?"

Was für eine blöde Frage, dachte sich Dietmar Herrmann, der sich selbstverständlich mit „Polizeidienststelle Klagenfurt" gemeldet hatte. Aber was soll's.

„Ja, hier ist die Polizei und wer spricht dort?"

„Mein Name ist Gundis und ich muss dringend ein Monster melden, das sich im Sumpf herumtreibt, hinter dem ehemaligen Zoo."

Dietmar war irritiert. Drogen? Alkohol? Eine Verarsche? Er versuchte, ganz ruhig zu bleiben, bis er wusste, mit welcher Art Anruferin er es zu tun hatte.

„Ein Monster? Sie wissen aber schon, dass es hier keine Monster gibt, oder?", gab er zunächst zurück. Doch die Frau bestand darauf.

„Ja, natürlich gibt es keine Monster wie aus Fantasyfilmen, aber ich weiß nicht, wie ich das Tier sonst beschreiben soll. Außerdem ist ja heute Samhain und da sind die Tore zur Anderswelt geöffnet …"

Dietmar rollte mit den Augen, als er das hörte. Also doch eine durchgeknallte oder berauschte Frau. Dennoch musste er die Sache klären, manche Verrückten brachten sich ja auch gleich um, wenn man ihnen kein Gehör schenkte.

„Es tut mir leid, ich weiß nicht, wovon Sie reden", sagte er, um Zeit zu gewinnen. Die Frau seufzte vernehmlich und unwillig in den Apparat.

„Ich bin keltische Priesterin und war mit meiner Frauengruppe im Sumpf um das Samhain-Fest zu begehen. Dort hat es eine historische Stelle mit einem alten Stein, der früher als Altar diente. Und dort haben wir gesungen und getanzt und da kam ein riesiges Tier vorbei, das aussah wie ein Drache. Wir wussten nicht, was es ist, aber haben nicht lange genug gewartet, um das festzustellen. Wir sind gerannt, so schnell wir konnten und jetzt sitzen wir bei Sigrun zu Hause und geben Ihnen Bescheid."

„Sie haben wohl etwas zu viel getrunken oder sogar Drogen konsumiert?", fragte Dietmar vorsichtig.

„Wir nehmen keine Drogen, wir beten die Götter bei vollem Bewusstsein an und wir haben auch nichts getrunken!" Die Frau war empört.

„Nun gut, aber es ist ja dunkel und im Moor und Gebüsch und dem Wald gibt es Schatten, die man als alles Mögliche interpretieren könnte", versuchte Dietmar noch einmal die Frau zu beruhigen.

„OK, wenn sie mir nicht glauben, dann lassen Sie es einfach. Ich bin meiner Bürgerpflicht nachgekommen und habe Sie informiert. Wenn sie die Bevölkerung nicht retten wollen, dann eben nicht!" Und mit diesen Worten legte Gundis unsanft auf.

Dietmar hielt den Hörer noch einige Sekunden am Ohr, bis er sich gefangen hatte, und legte dann selbst auch auf. Sein Kollege, der ihm gegenübersaß, zog fragend die Augenbrauen hoch und Dietmar erzählte ihm, was die Frau gerade gesagt hatte.

Nachdenklich kaute Roland an seinem Stift, eine Untugend, die Dietmar gar nicht mochte, denn er fand das äußerst unhygienisch, aber im Moment hatten sie ein anderes Problem zu lösen.

„Erinnerst du dich an die Gründungssage der Stadt?", fragte Roland. „Angeblich hauste im Sumpf ein Lindwurm, der die Menschen tötete und fraß und tapfere Männer bauten einen Turm im Sumpf, hängten einen Ochsen an die Turmspitze, und als der Lindwurm kam, um den Ochsen zu fressen, töteten sie ihn mit einem Speer ins Herz – oder so ähnlich jedenfalls. Vielleicht ist da noch ein weiterer Lindwurm, irgendein entfernter Nachfahre, der sich die ganzen Jahre im Sumpf gehalten hat?"

Jetzt wurde auch Dietmar ein wenig nachdenklich.

„Naja, die Sage ist ja viel zu alt, aber mir fällt ein, dass damals der Zoo überschwemmt wurde und einige Tiere in den Sumpf gespült worden sind. Wir dachten, die sind alle umgekommen. Aber es wäre natürlich möglich, dass irgendwelche Reptilien dort überlebt haben und die Frauen haben nun eins davon gesehen. Aber so groß können die nicht sein, dass man die als Monster bezeichnen müsste und in Todesangst wegrennt."

„Kommt drauf an", erwiderte Roland. „Hatten die Damen ein Feuer gemacht und dem Schatten nach hat so ein kleiner Leguan vielleicht ausgesehen wie Godzilla?"

Dietmar grinste.

„Naja, das wäre immerhin eine Erklärung. Aber ich glaube nicht, dass wir mitten in der Nacht durch den Sumpf stampfen sollten, um einen Leguan zu suchen, oder?"

Roland lachte ebenfalls.

„Nein, ich glaube auch nicht. Wir machen ein Protokoll und morgen bei Tageslicht gehen wir der Sache nach."

Hubert bewegte sich derweil züngelnd durch das Sumpfgebiet. Es gefiel ihm hier überhaupt nicht. Er hatte Hunger und es war viel zu kalt und zu dunkel. Als tagaktives Tier sollte er sich jetzt einen Schlafplatz suchen. Aber in dieser Gegend schien nichts groß genug zu sein, um ihm Unterschlupf zu bieten.

Hubert war ziemlich intelligent, was der Lindwurm mit seinen Verwandten, den Echsen und Waranen, gemeinsam hatte. Missmutig kroch er hin und her und sackte immer wieder auf dem sumpfigen Boden ein. Er wurde wütend.

Der einzig vertraute Geruch, den er wahrnahm, war der der Tiere aus dem Gehege, von denen er vorhin einige als Snack verspeist hatte. Ihm erschien es naheliegend, dem

Geruch zu folgen, um sich dort etwas zu essen zu gönnen und sich in seinem gewohnten Gehege zur Nachtruhe zu begeben. Langsam und immer noch missmutig trottete er in Richtung seines Geheges zurück.

Albert hatte über den großen Bildschirm den Kollegen gezeigt, wo welche Chips von welchem Tier zuletzt geleuchtet hatten und dass zum Glück einige Tiere noch im Gehege waren. Die restlichen müsste man wohl jetzt zu Fuß einfangen und zurückbringen, viele andere Möglichkeiten gab es nicht.

Da nicht alle Personen in die Top-Secret Angelegenheit eingeweiht waren, konnte Albert auch nicht darüber sprechen, welches Tier sich hinter Code 557 verbarg. Für die nichtsahnenden Kollegen war es eins der Rinder, für ihn und seinen Chef war es der Lindwurm.

„Also dann", sagte Direktor Braun und erhob sich von seinem Stuhl. Die anderen taten es ihm nach. „Ziehen sie sich bitte um und suchen sie unsere verlorene Herde wieder zusammen, bevor sie alle im Sumpf verloren gehen. Und Sie, Albert, bleiben bitte noch einen Moment hier."

Albert nickte und setzte sich wieder, während die Anderen hektisch das Zimmer verließen. Er fühlte sich nicht besonders wohl in seiner Haut. Draußen lief ein riesiges Urzeitmonster herum und seine Kollegen wurden nichtsahnend hinausgeschickt, um Cowboy zu spielen? Das war die reinste Selbstmordmission und der Direktor wusste das ganz genau. Kaum hatte der letzte Kollege das Zimmer verlassen, kam er auch gleich auf den Punkt.

„Was ist mit Hubert?", fragte Direktor Braun.

„Nun ja", antwortete Albert langsam und tippte den Code auf dem PC ein. Sofort wurden die anderen ausgeblendet und nur der Lindwurm wurde auf der Umgebungskarte angezeigt.

„Er lebt noch und wir wissen, wo er ist ..." Albert stutzte und starrte auf den Punkt, der sich über den Bildschirm bewegte.

„Ja, und? Weiter?", fragte Direktor Braun ungeduldig.

„Sehen Sie doch, da, auf dem Bildschirm!", rief Albert lauter als nötig und gemeinsam starrten die beiden Männer auf den Punkt, der sich langsam in Richtung Labor zurückbewegte. „Hubert kommt nach Hause!", verkündete Albert dann fassungslos.

„Aber die Zäune sind doch wieder aktiv, er kann nicht in sein Gehege hinein", rief Direktor Braun nervös.

„Moment, das haben wir gleich!" Albert zog die Tastatur näher an sich heran und begann mit flinken Fingern darauf herumzutippen. Er schaltete manuell die Sicherung von Alberts Gehege aus und öffnete das hintere Tor, um ihn offiziell einzulassen, ohne dass er den Zaun zerstören oder niedertrampeln musste.

Dann codierte er die Futterluke im Innenbereich, aus der mehrmals am Tag Schlachtabfälle und kleine Tiere in ein Becken fielen, aus dem sich Hubert bedienen konnte.

„Ich warte, bis ich ihn wieder im Gehege habe, und schalte dann den Zaun ein. Lassen Sie uns hoffen, dass er schneller zurück ist, als die Kollegen ausrücken, sie wären über eine Begegnung mit Hubert nicht sehr erfreut."

Es war reiner Zufall und Dummenglück, dass die Suchmannschaft und Hubert sich nicht begegneten. Dieser fand rechtzeitig in sein Gehege zurück und an seinen Futtertrog im Innengehege, sodass Albert ihn kurz darauf komplett abschotten konnte. Huberts Außengehege musste ohnehin noch repariert und nachgebessert werden, nachdem er bei seiner Flucht einen Teil des Zaunes umgetrampelt hatte.

„Jetzt wäre noch das Problem mit dem Wachmann zu regeln", wendete sich Albert erneut an den Direktor und teilte ihm unter vier Augen mit, was sich Stunden vorher abgespielt hatte und was sie mit ihm gemacht hatten. Der Direktor machte ein Gesicht, als hätte er in eine Zitrone gebissen.

„Wir müssen ihn auf jeden Fall vermisst melden und mit unserer Spezialausrüstung die Blutspuren beseitigen. Ich habe zum Glück Kontakte bei der Polizei und kann es vielleicht so regeln, dass die Gegend nicht allzu genau kontrolliert wird. Der Wachmann ist wohl einfach den Rindern hinterher, um sie einzufangen und dabei im Sumpf stecken geblieben …"

Direktor Braun erhob sich und ging rasch in sein Büro. Albert schaltete die Geräte im Besprechungszimmer aus und kehrte auf dem schnellsten Weg in sein Labor zurück, um zu sehen, wie weit Emilia und Heiko gekommen waren und was sie eventuell Neues zu berichten hatten.

Er traf die beiden ganz abgehetzt am Besprechungstisch im Labor und versuchte sie aufzumuntern.

„Wir hatten wirklich mehr Glück als Verstand", sagte er. „Schlimm genug, dass wir Martin auf dem Gewissen haben, aber stellt euch nur vor, was nicht noch alles hätte passieren können!"

„Wir sind ja noch nicht ganz aus dem Schneider", fing Heiko an und machte ein betrübtes Gesicht.

„Wieso? Ich verstehe nicht …?", meinte Albert. „Anastasia ist doch auch entkommen!"

„Scheiße, die hab ich total vergessen!", entfuhr es Emilia. Anastasia die rekordverdächtig lange und sehr gefräßige

Anakonda war ebenfalls in den Sumpf entwischt und hatte sich dort wohl zunächst irgendwo zusammengerollt, um die Nacht zu verbringen.

„Die Probleme nehmen aber auch gar kein Ende!", seufzte Emilia und griff zum Telefon. „Ich werde Direktor Braun über dieses Problem informieren, er soll sich etwas einfallen lassen. Wir haben schon mehr als genug getan in dieser Angelegenheit!"

Anastasia glitt neugierig durch die ungewohnte Landschaft, Hunger hatte sie noch keinen, sie hatte heute schon gefressen und konnte es problemlos einige Tage aushalten, bevor sie sich darum kümmern musste, Nahrung zu finden.

Interessant fand sie jedoch, dass es hier außer ihr noch andere Schlangen gab. Dass diese nicht gentechnisch verbessert waren, sondern Nachkommen des Zoo-Unfalls waren, wussten weder Anastasia noch die Schlangen, doch das war ihnen egal. Über kurz oder lang würden sie sich durch neue Paarungen weiterentwickeln und den Sumpf in Besitz nehmen ...

Die entfleuchte Schlange wurde in den Berichten der Firma sowie im Polizeibericht nicht erwähnt. Als jedoch Direktor Braun die Polizeiwache von der Suche nach den Tieren informierte (und vorsichtshalber darauf hinwies, dass während der Suchmaßnahmen besser keine Gaffer durch den Sumpf trampeln sollten, die die Suche und das Einfangen nur erschweren würden – wobei er natürlich die Leute eher von der Schlange fernhalten wollte), ging Kommissar Dietmar Erhardt ein Licht auf.

„Ich weiß jetzt, was für ein Monster die alten beschwipsten Damen bei ihrem Tanz um den Heidenstein gesehen haben", verkündete er grinsend seinem Kollegen und berichtete von den sehr großen alten Rinderrassen mit den langen Hörnern. Für ihn und seine Kollegen war der Punkt mit dem Monster daher zunächst ad acta gelegt.

Leider nicht die Suche nach dem Wachmann, der pflichtbewusst von Direktor Braun nach 24 Stunden als vermisst gemeldet wurde – unter dem Hinweis darauf, dass dieser sich als Erster auf den Weg in den Sumpf gemacht hatte, um die flüchtenden Tiere einfangen zu helfen. Von diesem Einsatz war er seither nicht zurückgekehrt und daher war zu vermuten, dass er irgendwo eingesunken war.

Eine Suche würde man vermutlich einleiten müssen, aber die Chancen, jemanden zu finden, der im Sumpfgebiet ertrunken war, war sehr gering, das war der Polizei und der Stadtverwaltung sehr wohl bekannt. Diese nahm den Vorfall jedoch zum Anlass, das Sumpfgebiet mit sofortiger Wirkung zum Sperrgebiet zu erklären. Betreten verboten! Eigentlich eine gute Idee, fand auch die Firma, die bemüht war, die entkommene Riesenschlange unter den Tisch zu kehren.

Wie es aber bei solchen Verboten nach solchen Vorfällen üblich ist, lockte die neue Anordnung erst recht Gefahrensucher an, die es als Mutprobe betrachteten, sich nachts im Sumpf herumzutreiben. Auch Anastasia fand das gut, weil auf diese Art und Weise für ausreichend Nahrung gesorgt war.

Die Menschen und Tiere, die nach dem Vorfall noch verschwanden, gingen zwar auf das Konto der Schlange, doch wurden zum Opfer des Sumpfes erklärt und Berichte über gefährliche Monster, die im Sumpf ihr Unwesen trieben, wurden von der überwiegenden Anzahl der Einwohner lächelnd abgetan.

Also die beste Voraussetzung für eine Population von Riesenschlangen, die sich vielleicht in ferner Zukunft einmal der Stadt nähern würden, wenn die Umgebung nicht mehr genügend unvorsichtige Sumpfbesucher als Nahrung anbot.

Lóng, der Glücksdrache

Martina schlenderte gemütlich durch die engen Gassen der Altstadt, in der heute ein Flohmarkt stattfand. Normalerweise hatte sie keine Zeit für eine solche Art der Freizeitbeschäftigung, doch sie hatte aufgrund der jüngsten Ereignisse nicht sehr gut geschlafen, sodass sie auf der Suche nach Ablenkung schon früh aus dem Haus gegangen war.

Es war noch recht wenig los, die meisten Händler waren erst dabei, ihre Ware aufzustellen und Martina hatte genügend Zeit, sich an dem ein oder anderen Tisch umzuschauen. Viele Dinge waren einfach nur alt und für sie völlig reizlos, da sie weder alte Puppen noch alte Uhren sammelte und auch kein gebrauchtes Geschirr benötigte.

Wenn überhaupt, dann würde sie vielleicht an einem Stand mit alten Büchern oder Schmuck ein wenig länger stehen bleiben, aber auch dann standen die Chancen nicht so gut, dass sie etwas kaufen würde.

Sie war der Ansicht, dass diesen Gegenständen die Energien ihrer Vorbesitzer anhafteten und je nachdem, was die Personen erlebt hatten, konnte diese Energie positiv oder negativ sein. Sie hatte ohnehin schon genug Probleme und konnte liebend gern darauf verzichten, noch mit negativen Energien historischer Mordfälle oder anderen Dramen in Kontakt zu geraten.

Am Stand eines kleinen alten Mannes blieb sie dann doch neugierig stehen. Er hatte nur einen kleinen Stand, aber auf der zerkratzten Holzplatte lagen nicht die üblichen alten Teller mit einem Sprung oder alte Puppen ohne Kleidung und mit zerzaustem Haar, sondern kleine, fremdartig anmutende Kunstgegenstände. Martina wusste nicht, wie man diese Dinge sonst bezeichnen sollte.

Freundlich lächelte der Mann sie an, als sie stehen blieb und den Blick über den Tisch wandern ließ.

„Kann ich Ihnen etwas davon näher zeigen oder erklären?", fragte er höflich und überhaupt nicht im gewohnt aufdringlichen Ton der Verkäufer.

„Was ist das alles?", fragte Martina stattdessen zurück und konnte ihren Blick nicht von den fremdartigen Gegenständen abwenden.

„Das sind alles alte asiatische Glücksbringer und Figuren, die ich schon von meinem Opa geerbt habe. Aber ich habe einfach keinen Platz mehr, um so viel Zeug bei mir in der Wohnung herumzustellen, also trenne ich mich lieber davon und hoffe, dass die Stücke einen schönen neuen Platz bekommen."

„Diese Dinge sehen überhaupt nicht aus, wie Flohmarktartikel", dachte Martina laut nach. Der alte Mann lachte leise auf.

„Nun, auf einem Flohmarkt darf man alte Dinge, die noch verwendbar sind, verkaufen. Meine Sachen erscheinen ihnen nur so ungewöhnlich, weil sie asiatisch sind und sie vermutlich nicht oft welche davon zu Gesicht bekommen, außer vielleicht in einem Chinarestaurant."

„Ja, das stimmt wohl", nickte Martina nachdenklich und taxierte jedes einzelne Stück. So wie es aussah, würde sie wohl doch nicht darum herumkommen, sich etwas zu kaufen.

„Und das sind alles Glücksbringer?", fragte sie skeptisch. „Ich könnte nämlich ein wenig Glück gebrauchen. Allerdings weiß ich nicht, wie man sie anwenden muss, können Sie mir das erklären?"

Der alte Mann lächelte.

„Ein Glücksbringer wird nicht „angewendet", Sie brauchen ihn nur mit sich zu tragen, um von seiner positiven Energie profitieren zu können. Es ist ganz einfach. Welches Stück gefällt Ihnen denn? Der kleine dreibeinige Frosch aus Jade vielleicht? Mit der Münze in seinem Maul bringt er Glück und Geld."

Vorsichtig hob der Mann das alte Stück von der Tischplatte und hielt es Martina unter die Nase. Ein dreibeiniger Frosch. Hm, nein, das war irgendwie seltsam.

„Was ist mit dem Drachen da?", fragte sie und zeigte auf einen kleinen goldenen Drachen, der auf einem Ball oder einer Kugel saß, oder damit spielte, man konnte es von Weitem nicht so genau sehen.

„Das ist ein Glücksdrache", erklärte der Händler und legte ihn sich auf die Handfläche, damit Martina ihn besser sehen konnte.

„Unsere Drachen sind sehr berühmt und werden als Götter betrachtet. Sie sehen aus wie Schlangen, haben aber Schuppen wie ein Karpfen und einen Kopf wie ein Wasserbüffel, vier Beine, Adlerklauen und Flügel. Nicht zu vergessen das Geweih auf dem Kopf.

Einige Drachen können ihre Form verwandeln und es gibt so viele von ihnen, dass fast jeder noch eine eigene Zuständigkeit besitzt. Die einen sorgen für gutes bzw. schlechtes Wetter, die anderen bewachen Schätze und so weiter.

Dieser hier ist mit einer Perle dargestellt. Manche behaupten, dass die Drachenperlen einen Menschen in einen Drachen verwandeln können, wenn man eine schluckt.

Andere sagen, die Perle wurde falsch interpretiert, denn es handelt sich dabei um ein Drachenei, aus dem nach

1000 Jahren ein Drache schlüpft, der dann wiederum 1000 Jahre braucht, um ein erwachsener Drache zu werden."

Martina lauschte gebannt den Ausführungen des Händlers. Sie kannte sich mit asiatischer Mythologie überhaupt nicht aus und Drachen waren einfach Märchenfiguren. Das, was der Mann erzählte, klang spannend. Der kleine Drache gefiel ihr, sie hätte dem alten Mann stundenlang zuhören können.

„Und was macht der Drache so?", erkundigte sie sich zaghaft.

„Wie meinen Sie das, was er „macht"?", fragte der Händler.

„Der Drache wird bei uns wie ein Gott angesehen, wir haben Erddrachen, Wasserdrachen, auch böse Drachen. Die ältesten wurden mit unseren ehrenwerten Kaisern Huangdi und Yan in Verbindung gebracht und zu der Zeit auch immer in Gelb oder Gold dargestellt. Sie waren sozusagen das Symbol des Kaisers.

Nachdem die Drachen in der Qing-Dynastie gelb dargestellt wurden, waren sie in der Ming-Dynastie rot. Und die Kaiser behaupteten sogar, dass sie direkt von dem ersten Drachen Huáng Lóng abstammten."

Der alte Mann schmunzelte, Martina grinste ein wenig. Jeder berühmte Mann versuchte doch, sich auf eine herausragende Abstammung oder Ahnenreihe zu berufen, da waren die alten Chinesen eben keine Ausnahme.

„Wie alt ist denn dieser Drache?", fragte Martina. „Ich weiß nicht, wann es diese Qing-Dynastie gab, aber das hört sich sehr alt an."

„Liebe Frau", lachte der Händler, „der Drache ist zwar alt, aber nicht soooo alt. Die Qing-Dynastie gab es von 1636 bis

1911, aber dieser Drache ist keine 400 Jahre alt. Mein Großvater hat ihn von seinem Großvater bekommen und niemand weiß, wo er ihn herhatte, aber bestimmt stammt er nicht vom Beginn der Qing-Dynastie. Er wird den Drachen irgendwann als Andenken aus China mitgenommen haben und dann verstaubte er auf einem Regal. Bis er sich heute hier eine neue Besitzerin ausgesucht hat."

Lächelnd überreichte der Händler Martina den kleinen Drachen. Automatisch streckte sie die Hand aus, als er ihn ihr auf die Handfläche legte. Der Drache fühlte sich irgendwie warm an, aber das war wohl nicht ungewöhnlich, denn der alte Mann hatte ihn bereits eine Weile in der Hand gehalten.

„Die Drachen sind in China den Menschen meist wohlgesonnen, dieser hat für Regen oder auch Dürre gesorgt, je nachdem, ob er gut gelaunt war oder ihn die Menschen geärgert haben. Man hat Drachen sogar Schwalben geopfert, wenn man sie um Regen gebeten hat. Aber ich hoffe, sie kommen nicht auf die Idee, dieser Statue eine tote Schwalbe zum Fraß vorzuwerfen", der Händler zwinkerte.

„Aber diese Drachen waren doch immer nur Glücksbringer, oder?", fragte Martina ohne den Blick von dem Drachen abzuwenden.

„Ich weiß nicht genau, was Sie mit „nur" meinen, junge Frau", entgegnete der Händler. „Diese Drachen waren wie Götter oder Naturgeister. Sie existierten tatsächlich, nur auf einer anderen Ebene, die uns nicht zugänglich ist, oder zumindest nicht jedem von uns.

Und wenn man Glück hat, kann man auch heute noch Drachen sehen. Es gibt in China viele Drachensichtungen, das ist beinahe normal. Hier in Deutschland sehen Sie wohl eher ab und zu ein UFO statt eines Drachens, aber in Asien kommt es häufig zu Drachensichtungen."

„Ich nehme ihn", unterbracht Martina die spannenden Ausführungen des Händlers und stellte den Drachen zurück auf den Tisch, um nach ihrem Geldbeutel zu greifen. Der Händler winkte ab.

„Ich schenke Ihnen den Drachen. Es scheint, dass er sich seine neue Besitzerin heute ausgewählt hat und er findet sicher bessere Beachtung bei Ihnen als bei meinem alten Großvater, wo ich den Drachen jetzt vom Speicher herunterholen musste."

„Das kann ich doch nicht annehmen!", wehrte sich Martina.

„Doch, doch, das ist völlig in Ordnung", beschwichtigte sie der Händler und nach einigem Hin und Her gab Martina nach. Glücklich verstaute sie ihren neuen Freund in der Tasche und ging schnellstens nach Hause, um ihm einen neuen Platz auszusuchen.

Bereits als sie die Tür aufschloss, suchte sie mit den Augen die Wohnung ab. Ob sie ihn auf ein Regal stellen sollte? Zwischen Pflanzen und Bücher? Oder lieber auf den Esstisch? Vielleicht wollte er auch lieber in der Küche stehen, auch wenn sie dort keine Schwalben zubereiten würde? Oder im Bad, wenn er gerne Regen mochte?

Oder auch im Schlafzimmer, dann könnte sie ihn abends noch bewundern, bevor ihr die Augen zufielen, dafür würden andere Besucher ihn leider nicht zu sehen bekommen.

Martina warf ihre Handtasche auf die Kommode neben der Tür und zog den Drachen heraus. Mit ihm auf der Handfläche ging sie langsam in der Wohnung hin und her und probierte hier und dort den Drachen aufzustellen. Kein Platz schien ihr jedoch besonders überzeugend zu sein.

Schließlich setzte sie sich auf ihr Sofa und hielt den Drachen mit beiden Händen fest.

„Es scheint, dass ich hier keinen Platz habe, der geeignet für dich ist", murmelte sie halblaut vor sich hin.

„Am einfachsten wäre es sicher, wenn du mir den Platz zeigen könntest, an dem du am liebsten stehen würdest, aber das wäre ja ein wenig viel verlangt." Sie lächelte.

„Und es ist schade, dass du nur Regen bringen kannst, ich könnte nämlich ein wenig Glück brauchen. Mein Freund hat mich verlassen und ich habe keinen Job. Ein wenig Hilfe bei diesen weltlichen Problemen wäre mir nicht unangenehm. Aber ich glaube, in der Qin-Dynastie haben sich Drachen nicht um Liebeskummer und Jobprobleme gekümmert. Ich vermute auch, dass Frauen damals gar keine Jobs hatten."

Wie nicht anders zu erwarten war, gab der Drache hierauf keine Antwort. Schließlich stand Martina auf und stellte den Drachen auf den Glastisch neben die aufgeschlagene Fernsehzeitung und ging in die Küche, um sich etwas zu trinken zu holen. Als sie wiederkam, war der Drache verschwunden. Wobei das nicht ganz korrekt war, denn er war noch da, aber er stand auf einem Regalbrett über dem Fernsehgerät, direkt neben einem kleinen Bergkristall.

Martina wusste nicht, ob sie sich fürchten oder freuen sollte. Etwas Magisches war geschehen, aber war das auch etwas Gutes? Sie wusste sicher, dass niemand hier sein konnte, da sie ja gerade die gesamte Wohnung auf der Suche nach einem Plätzchen für den Lóng abgelaufen war, daher war es ausgeschlossen, dass sich jemand einen Spaß erlaubt und den Drachen an einen anderen Platz gestellt hatte.

Sie setzte sich mit dem Glas Wasser, das sie eben in der Küche geholt hatte, wieder auf das Sofa und starrte den Drachen an, unschlüssig, was sie mit ihm tun sollte.

„Ich habe keine Ahnung, wie das möglich ist", murmelte sie wieder halblaut vor sich hin. „Aber der Händler hat mir ja erzählt, dass die Drachen den Menschen wohlgesonnen sind, also sollte eigentlich nichts Schlimmes passieren. Und da mich niemand sieht oder hört, kann ich es mir erlauben, einfach mit dir zu reden, ohne dass sie mich mit der Zwangsjacke in die Psychiatrie abholen." Martina grinste ein wenig schief.

„Also falls du mich hören kannst, kannst du auch mit mir reden? Du scheinst mich ja vorhin verstanden zu haben, oder war das nur ein Zufall?"

Die Figur bewegte sich nicht und sie antwortete auch nicht. Dafür sah Martina aus dem Augenwinkel eine Art leichten, gelben Nebel in der Türöffnung erscheinen, der die Form eines Drachen annahm. Zart, durchsichtig, kaum wahrnehmbar, aber ihrer Meinung nach vorhanden.

Der Nebel, oder vielmehr der Drache, waberte vorsichtig auf und ab, als wäre er unschlüssig, ob er näherkommen sollte oder nicht. Als Martina jedoch keine Zeichen von Panik erkennen ließ, kam der Drache ganz langsam näher.

Martina konnte im zarten Nebel den schuppigen Körper erkennen, den großen Kopf mit den Hörnern und sogar die großen, freundlichen Augen. Rasch blickte sie wieder zur Statue. Nein, diese stand unverändert da. Schließlich nahm sie eine Stimme wahr, die jedoch nur in ihrem Kopf zu sein schien, als hätte sie fremde Gedanken in ihrem Gehirn. Kein Laut war aus dem Nebel zu vernehmen, doch die ruhige Stimme in ihrem Kopf sprach zu ihr.

„Martina, du hast recht, etwas Magisches geht hier vor. Ich habe Jahrhunderte darauf gewartet, dich wieder zu finden. Wir kennen uns aus einem anderen Leben, an das du dich nicht mehr erinnern kannst, weil du ein Mensch bist. Aber ein Drache vergisst nicht. Ich habe mir die Statue als eine Wohnung ausgesucht, in die ich mich zurückziehen kann, wenn mir danach ist. Und jetzt erst, nach 400 Jahren, habe ich dich endlich wiedergefunden."

Martina schüttelte den Kopf. „Ich glaub, ich spinne. Ich habe bestimmt Wahnvorstellungen und fantasiere mir etwas zusammen, weil der Händler mit seinen Geschichten meine Fantasie angeregt hat. Kein Nebeldrache ist in meiner Wohnung und niemand spricht mit mir."

„Ich helfe dir, dich zu erinnern", antwortete die Stimme in ihrem Kopf. „Hab keine Angst, ich komme einfach näher. Wenn wir uns berühren, wirst du dich erinnern." Langsam kam der Nebel näher und streifte Martina erst und hüllte sie dann in sich ein. Sie konnte dennoch die Umgebung klar wahrnehmen, nur leicht getrübt durch den gelblichen Nebel.

Plötzlich kehrten Erinnerungen zurück, Fetzen von Erinnerungen, wie fremde Bilder aus einem unbekannten Film, den sie jedoch irgendwie dennoch zu kennen schien.

Sie sah sich selbst für den Bruchteil von Sekunden als kleines Mädchen in fremdartiger Kleidung unter einem blühenden Pflaumenbaum, wie sie mit einem kleinen goldenen Drachen spielte.

Kurz darauf sah sie sich, ein wenig älter, wieder mit einem Drachen, der jedoch nicht nebelhaft zu sein schien, sondern den sie greifen und streicheln konnte.

Wieder änderte sich die Erinnerung und in schneller Folge nahm sie ihr damaliges Leben wahr. Ein Kind, das einen Drachen kennenlernte, einen Drachengott, der ihr zuliebe zeitweise eine menschliche Form annahm, die er jedoch nicht lange halten konnte, weil es nicht seine natürliche Form war. Zwei Liebende, die nicht zusammenkommen konnten.

Dann, am Ende der Vision war Martina alt und starb ganz allein in einer Hütte – das heißt, sie war nicht allein, der Drache war bei ihr, doch er konnte ihr nicht helfen. Er war nicht der Herr über Leben und Tod und konnte Martina nicht retten und ihr auch kein ewiges Leben verschaffen.

Als Martina tot war, zog sich der Drache zurück und schwor ihr, sie erneut zu suchen und zu finden, um auch in ihrem nächsten Leben an ihrer Seite zu sein. Es hatte lange gedauert, bis er sein Versprechen einlösen konnte. Der Nebel löste sich langsam wieder von Martina, die jetzt Tränen in den Augen hatte.

„Ich erinnere mich! Oh, mein Gott, ich erinnere mich!", rief sie wieder und wieder. Dann schlug sie die Hände vor die Augen und weinte heftig schluchzend los. Alle Ereignisse der letzten Wochen kamen auf einmal in ihr hoch und entluden sich schlagartig.

„Ich freue mich, dass du dich erinnerst, so war meine Suche nicht vergeblich", sagte eine Stimme neben ihr und Martina blickte unter Tränen auf. Der Drache hatte doch in ihrem Kopf gesprochen, wie konnte die Stimme denn jetzt tatsächlich wie ein normaler Mensch klingen und sich anhören, als stünde jemand neben ihr?

Ein edel gekleideter und zugegebenermaßen ziemlich kleiner Chinese stand neben ihr und lächelte sie an, strahlend wie ein Honigkuchenpferd. Und bei Gott, sie erkannte ihn. Sie erkannte dieses Gesicht, diesen Leberfleck am Kinn. Das war ER. Sie stand auf und warf sich ihm um den Hals und heulte einfach weiter.

„Ich würde mich lieber mit dir unterhalten", sagte er schließlich, als es ihm zuviel wurde. „Ich liebe zwar den Regen, aber nicht die Tränen. Vielleicht könntest du dich einfach beruhigen? Ich glaube, wir haben viel zu besprechen und ich kann nicht lange meine menschliche Form halten."

Martina kicherte unter Tränen und wischte sich die Augen mit dem Handrücken, bevor sie aus der Tasche ihrer Jeans ein Taschentuch zog, in das sie sich geräusch- und gehaltvoll schnäuzte. Wie unromantisch, dachte sie, peinlich berührt, doch ihren Drachenfreund schien es nicht weiter zu stören.

„Ich erkenne dich, weil du aussiehst wie früher, aber ich, ich bin eine Andere und ich bin außerdem mindestens einen ganzen Kopf größer als du, ich werde dich erdrücken, wenn ich weiter an dir hänge und heule", schniefte sie.

Der Drache grinste und war einen Sekundenbruchteil später erheblich größer. Martina strahlte. Dann zog sie ihn an der Hand auf das Sofa und kuschelte sich an ihn. „So ist es viel besser. Jetzt können wir in Ruhe reden ..."

Karl-Heinz der Drache

Vorsichtig schlichen sich die Ritter Robert und Konrad mit gezückten Schwertern tiefer in die dunkle Höhle des Drachens. Das Ungeheuer hatte vor zwei Tagen ein junges Fräulein aus dem Dorf entführt und die beiden tapferen Helden hatten sich mehr oder weniger selbstlos auf den Weg gemacht, um die Dame aus den Klauen des Monsters zu retten.

Mehr oder weniger selbstlos deswegen, weil Robert erhoffte, mit dem jungen Fräulein aus Dankbarkeit vermählt zu werden (obwohl er keine nennenswerten Besitztümer hatte).

Während Konrad, der an der durchschnittlich hübschen Amalie nicht interessiert war, eher auf die Belohnung spekulierte, die der Vater der Jungfrau ausgesetzt hatte. Und auf Ruhm und Ehre und scharenweise wunderschöne andere Frauen, die ihm um den Hals fallen würden, wenn er erst ein Held war.

Doch vor der Erfüllung dieser Wunschträume war der Sieg über das Feuer speiende Ungetüm gesetzt, das am helllichten Tag das junge Fräulein auf dem Markplatz aufgegriffen hatte und mit ihr über die Hügel hinweg in seine Höhle geflogen war.

„Ich sehe ein Licht", flüsterte Robert nach hinten zu seinem Kameraden, dem langsam der Schwertarm lahm wurde. Doch er konnte es sich nicht leisten, ohne Waffe dem Drachen gegenüberzutreten, also musste er tapfer sein. Schwitzend und fluchend bemühte er sich, den Abstand zu Robert aufzuholen.

„Ich glaube, der Drache sitzt dort vorn in seiner Höhle. Vermutlich hat er sie mit seinem eigenen Feuer beleuchtet –

oder sie strahlt im Glanz des Goldschatzes, den er bewacht!"

Der mittellose Ritter Robert freute sich beim Gedanken daran, bei der Gelegenheit der Errettung seiner zukünftigen Frau noch ein paar Edelsteine oder Goldstücke einstecken zu können. Einen ledernen Beutel trug er meist bei sich, allerdings befand sich oft nicht mehr als ein billiges Silberstück darin.

„Ein Goldschatz? Richtig, daran hab ich gar nicht gedacht", freute sich auch Konrad. „Fantastisch!"

Der Gedanke an das Gold beflügelte seine Schritte. Dann wäre er nicht nur ein Held und alle Frauen würden ihm zu Füßen liegen, nein, er wäre sogar ein reicher Held. Und gutaussehend. Das durfte dabei auch nicht vergessen werden. Und gutaussehend!

Die beiden semi-tapferen Ritter schlichen nun etwas schneller auf das Licht zu und konnten es einerseits kaum erwarten, den Drachen aus der Nähe zu sehen, waren aber andererseits mächtig aufgeregt, ob sie ihn auch wirklich besiegen konnten.

Doch noch bevor sie etwas sehen konnten, hörten sie jemanden ganz fürchterlich husten. Sofort blieben sie stehen und warteten ab. Ob noch mehr Ritter hier waren? Hatte der Drache sie gefangen genommen? Mucksmäuschenstill warteten sie ab, ob sie anhand der Geräusche mehr herausfinden konnten.

Karl-Heinz hustete und hustete und spuckte dabei kleine Rauchwölkchen aus. Amalia brachte sich durch einen raschen Sprung zur Seite in Sicherheit und schlug Karl-Heinz dann kräftig auf den Rücken.

„Scheiß Raucherhusten", fluchte der Drache und hustete gleich darauf erneut, wobei er eine Stichflamme abhustete, die eine kleine Goldstatue einschmolz und den hölzernen Tisch ankokelte, der vor ihm stand und auf dem Amalia etwas zu essen angerichtet hatte.

Amalia blickte den Drachen mitleidig an.

„Kann man denn gar nichts dagegen machen?", fragte sie. Karl-Heinz schüttelte den Kopf.

„Nein, leider, ist eine alte Erbkrankheit. Wenn man nicht aufpasst, löscht man seine ganze Familie aus, oder seine Freunde."

Er warf einen reumütigen Blick in die Ecke der Höhle, wo ein ganzer Stapel verkohlter Skelette lag. Amalia folgte seinem Blick und schauderte, als sie die alten Skelette sah.

„Es waren immer Unfälle", sagte der Drache leicht weinerlich. Amalia tätschelte ihm tröstend den Hals.

Als sie entführt worden war, hatte sie zunächst geglaubt, ihr letztes Stündlein habe geschlagen, doch es war völlig anders, als sie es sich vorgestellt hatte. Der Drache hatte sie nicht entführt, um sie zu verspeisen, denn er ernährte sich interessanterweise von Gold und Edelsteinen, die er aber im Alter nicht mehr so gut kauen konnte, und war ansonsten Vegetarier.

Sie hatte ihm kürzlich aus Versehen einen Apfel zu essen gegeben, in dem ein Wurm war und Karl-Heinz hatte gezetert wie ein altes Marktweib und mehrmals heftig ausgespuckt. Der Wurm hatte sogar überlebt und sie hatte ihn nach draußen getragen und vor der Höhle abgesetzt. Kopfschüttelnd.

Im dunklen Höhlengang blickten sich Robert und Konrad ungläubig an.

„Der Drache redet? Und Amalia ist freiwillig dort? Sie spricht mit ihm, als wäre das das Normalste auf der Welt?

Das muss ein böser Zauber sein!", tuschelte Robert und Konrad nickte. Dann straffte er sich und versuchte heldenhaft auszusehen.

„Lass es uns mit eigenen Augen sehen und dann den Drachen töten und die Jungfrau befreien!", sagte Konrad fest und etwas lauter als beabsichtigt.

Dann ging er an Robert vorbei und schritt tapfer in die Höhle voran. Robert folgte ihm eilig und ein wenig unheldenhaft geduckt. Falls der Drache Konrad zuerst tötete, konnte er ihn viel besser angreifen, wenn er sich hinter Konrad versteckte und erst im letzten Moment hervorsprang, um den Drachen zu überraschen, oder?

Amalia sah die beiden semi-tapferen Ritter zuerst und schlug die Hand vor den Mund vor lauter Überraschung. Karl-Heinz bemerkte diese Geste und blickte ebenfalls Richtung Eingang.

„Na, wen haben wir denn da?", rief er wütend. „Schon wieder ein paar Helden, die den alten Drachen töten und die Jungfrau befreien wollen?"

Zornig warf er einen großen Brocken rohen Granat nach den Rittern.

„Ihr wollt doch sicher auch ein wenig Gold haben, oder?", schrie er und warf einen großen Goldnugget nach Konrad, der sich, vor Schreck erstarrt, nicht ducken konnte und am Helm getroffen wurde. Ohnmächtig sank er zu Boden und gab die Sicht auf den gebückten Robert frei, der sich vor Angst in die Rüstung nässte.

„Tritt näher, du willst mich doch töten", rief Karl-Heinz und bekam einen Hustenanfall. Die kleine Stichflamme, die er abhustete, traf Roberts Rüstung am Fuß und verbrannte ihm die Zehen. Robert schrie wie am Spieß.

„Hör auf zu schreien, ich hab Kopfschmerzen!", schrie der Drache und Amalia rannte auf Robert zu, mit einem Krug Wasser aus dem Inneren des Berges.

„Los, schnür dir die Rüstung ab, damit ich dir das kühle Wasser auf den Fuß gießen kann!" Robert tat wie ihm geheißen, wobei so eine Rüstung gar nicht leicht an- und abzulegen war. Eine total bescheuerte Erfindung eigentlich, dachte er so bei sich. Und half überhaupt nicht gegen Drachen!

Als er peinlich berührt in seinen Unterkleidern vor Amalia stand und beobachtete, wie sie ihm das kühle Quellwasser über den Fuß rinnen ließ, kam der Drache näher. Robert begann zu zittern.

„Ein Held, der zittert", spottete Karl-Heinz.

„Nun, du bist doch hier, um mich zu töten. Dann lass es uns hinter uns bringen. Ich hasse das, dass alle immer kommen, um mich zu töten. Ich bin nur ein einsamer alter Drache, der seinen Haushalt nicht mehr selbst besorgen kann und sich ab und zu eine Dienstmagd klaut!"

Karl-Heinz hustete kurz jämmerlich, was ihm jetzt gar nicht gelegen kam, da er dem Ritter ordentlich die Leviten lesen wollte. Doch er fasste sich schnell wieder und fuhr fort.

„Und ihr seid unzivilisiert genug, um zu denken, dass ich diese Frauen essen würde? Ich, der Vegetarier? Igitt. Ich ernähre mich von dem Gold und den Edelsteinen und ich liebe Tannenzapfen. Und ihr denkt, dass ich das Gold bewachen würde? Ich bewache es nicht mehr oder weniger als ihr euer Brot oder euren Wein. Ihr habt alle keine Ahnung, ihr Stümper!"

Er musste schon wieder husten und wurde langsam sauer. Das zerstörte doch seine Rede komplett. So ein Mist! Noch einen Ticken wütender schimpfte er dann weiter.

„Früher, da wussten die Leute noch, was sich gehört. Die Könige haben uns Drachen freiwillig Dienstmägde überlassen, die mich unterstützt haben und es mir gemütlich gemacht haben.

Dafür habe ich den Königen Gold und Edelsteine als Vermittlungsgebühr gegeben und sie haben mir auch gegen Gold Tannenzapfen und andere vegetarische Leckereien verkauft. Alles ganz seriös. Aber davon hat die Jugend von heute natürlich keine Ahnung. Ihr wollt immer nur töten!"

Jetzt kam Konrad langsam zu sich, sah die Szene mit dem halb nackten Robert und dem Drachen, der verdächtig nahe an die Ritter herangerückt war, und begann recht unmännlich zu schreien.

„Niemand nimmt hier Rücksicht auf meine Kopfschmerzen", presste Karl-Heinz wütend hervor und schlug Konrad kurz mit dem Schwanz ohnmächtig.

„Wo war ich? Ach ja. Ihr könnt nur töten, sagte ich gerade. Also wenn ihr es versuchen wollt, dann fang an, ich habe nicht viel Zeit, ich wollte gerade eine Obstmahlzeit zu mir nehmen und normalerweise kämpfe ich nicht um die Essenszeit. Dir ist natürlich klar, dass du verlieren wirst und dein Skelett auf dem Haufen da drüben landen wird."

Karl Heinz deutete mit der Schwanzspitze in die Ecke, wo die angekokelten Skelette lagen.

„Ja, ich weiß, das sieht brutal aus, aber ich muss mich schließlich wehren, ich habe ja kein Schwert. Und außerdem sind da auch Unfalltote dabei. Schließlich kann bei der ganzen Husterei auch mal was passieren. Dann braucht man neues Personal und neue Gesellschafter."

Robert zitterte.

„Ich glaube, ich will nicht mehr kämpfen, aber ich denke, du wirst mich sowieso töten, oder?"

Karl-Heinz machte einen weiteren Schritt auf Robert zu und schob Amalia mit seinem Flügel zur Seite. Er beschnupperte Robert.

„Ich glaube, du hast dich ein wenig bepieselt, zumindest riechst du so. Ich glaube nicht, dass ich gegen einen solchen Angsthasen kämpfen will. Und ich verstehe auch überhaupt nicht, wie so jemand auf die Idee kommen könnte, gegen mich kämpfen zu wollen. Warst du betrunken?" Karl-Heinz legte den Kopf quer und wartete auf eine Antwort.

„Ähm, nein, eigentlich nicht. Ich hatte gehofft, Amalia zu befreien und heiraten zu können."

Den Rest des Satzes vernuschelte er ein wenig, weil es ihm peinlich war, das so offen vor Amalia zuzugeben. Amalia hatte es dennoch verstanden und war überrascht. Sie wurde rot. Robert war nicht wirklich ihr Typ, aber es imponierte ihr, dass er trotz seiner Angst das Risiko einging.

„Du kannst sie nicht heiraten und auch nicht mitnehmen", sagte Karl-Heinz bestimmt. „Dann müsste ich mir schon wieder eine Haushälterin suchen und dann kommen noch mehr von deiner Sorte, um mich zu töten. Ich bin das Spielchen so leid."

„Wenn ich mal etwas sagen dürfte?", fragte Amalia.

„Nein", sagten Karl-Heinz und Robert gleichzeitig. Das war schließlich reine Männersache. Jetzt kam Konrad erneut zu sich und quiekte laut. Seine Energie reichte nicht aus, um zu schreien.

„Halt die Klappe, du Memme!", herrschte Amalia ihn an und die drei anderen starrten überrascht auf die junge Frau.

„Na, ist doch wahr!", gab Amalia zurück.

„Ich habe eine Idee. Niemand wird getötet. Robert bleibt hier bei mir und hilft mir, den Haushalt zu erledigen. Konrad schicken wir zurück mit ein wenig Gold und er kann behaupten, er hätte den Drachen getötet, aber leider zu spät, denn die Jungfrau – also ich – war leider schon verspeist. Und er hätte den Höhlenzugang verschüttet, damit die armen Seelen der vielen toten Jungfrauen nicht in ihrer Totenruhe gestört werden."

Beifall suchend blickte sie sich um.

„Na? Wie findet ihr das?"

Karl-Heinz gähnte gelangweilt und schmatzte.

„Amalia, die Idee ist schwach. Sehr schwach. Der Schreihals hier", er deutete auf Konrad, „wird niemals die richtige Geschichte zum Besten geben. Er wird wieder herkommen und versuchen, das restliche Gold zu klauen. Und der Unterhemdennarr hier", er zeigte auf Robert, „wird bei der erstbesten Gelegenheit fliehen und dich mitnehmen."

Betreten schauten die drei Menschen sich gegenseitig und dann den Drachen an.

„Ich hasse solche Situationen, ja, das tu ich wirklich", meinte Karl-Heinz und hustete ohne Vorwarnung einmal in die Runde, und zwar so heftig, dass Robert, Konrad und Amalia auf der Stelle in Flammen standen und tot umfielen, noch bevor sie richtig bemerkt hatten, was geschehen war.

„Schade, ich mochte Amalia", seufzte Karl-Heinz, bevor er sich auf den Weg nach draußen machte, um eine neue Haushälterin zu besorgen. Die verkokelten Skelette würde er später aufräumen – oder aufräumen lassen, wenn alles gut ging. Es war ja heutzutage so schwierig, gutes Personal zu entführen.

Die Befreiung des Leviathan

In einem dunklen Wald, weitab von allen störenden menschlichen Siedlungen lebte eine alte Frau, die so alt war, dass sie sich schon selbst nicht mehr daran erinnern konnte, wie lange sie bereits über diese Erde wandelte.

Sie lebte allein in ihrer kleinen Hütte, die zwar ebenso alt, doch sauber und stabil war und jedem Unwetter trotzte. Dies mochte auch daran liegen, dass die alte namenlose Frau über Zauberkräfte verfügte.

Ihre einzigen Gefährten waren der kleine Aal, der in einem Tümpel auf der nahe liegenden Waldlichtung lebte, das Wildschwein, das ihr beim Trüffelsuchen half und der kleine bunte Vogel, der in einer großen Voliere neben dem Haus lebte und sie mit allerhand fröhlichen Melodien erfreute.

Die Tiere waren so alt wie die Frau, wenn nicht sogar noch älter und sie waren wie eine Familie. Dennoch war der alten Frau – viele würden sie aufgrund ihrer Fähigkeiten als „Hexe" bezeichnen, doch das Wort hatte einen negativen Beigeschmack, der überhaupt nicht zu ihr passte – klar, dass die Tiere schon immer nur auf eine Gelegenheit warteten, zu fliehen und Unglück über die Welt zu bringen. Und seit Tausenden von Jahren war es ihre Aufgabe, dies zu verhindern.

„Na, mein Vögelchen", sprach sie aufmunternd zum Vogel Ziz, als sie aus ihrer Hütte trat und wie jeden Tag den Weg zum Tümpel einschlug, um nach dem Aal zu sehen. Ziz flötete ihr eine bekannte Melodie entgegen, die die Alte eifrig mitpfiff.

Schon nach wenigen Schritten gesellte sich das Wildschwein zu ihr und trabte neben ihr her. Freundlich tätschelte sie das Schwein am Hals, bis es grunzte und dann an ihr vorbeirannte, um sich in einer kleinen Schlammkuhle zu wälzen.

„Hilfe!", schrie eine Stimme, die aus dem Wald zu kommen schien. Die Alte erstarrte. Sie hatte seit mindestens 500 Jahren niemanden mehr gesehen. Konnte es sein, dass der magische Schutz begann, nachzulassen? Das wäre ein schlechtes Zeichen, ein sehr schlechtes Zeichen.

Auch die Tiere hatten den Ruf vernommen. Die Sau hörte auf sich zu suhlen und der Vogel pfiff nicht mehr. Zielstrebig ging die Alte zunächst weiter auf den Tümpel zu, um zu sehen, ob der Aal noch da war. Man konnte ja nie wissen. Aber der Aal drehte seine Runden und kam an die Oberfläche, um sie zu begrüßen.

Nachdem die Hexe sich vergewissert hatte, dass noch alles in Ordnung war, konzentrierte sie sich auf die Stimme. Nach wenigen Minuten ertönte erneut ein Hilferuf und sie folgte ihm, mitten in den Wald hinein. Zunächst konnte sie nichts Verdächtiges feststellen und erhellte den Wald mit einem Schnippen ihrer Finger.

Dann sah sie es: In einem Baumwipfel hing ein verzweifelter junger Mann, eingewickelt und verheddert in die Reste eines Fallschirmes und klammerte sich an den dünnen Ästen fest.

Die Hexe ließ sich ihre Überraschung nicht anmerken, sie wollte zunächst hören, was der Mann für eine Geschichte zu erzählen hatte und sie konnte ihm schlecht beichten, dass der Wald normalerweise unsichtbar und unzugänglich sein müsste, da er von einem Zauber geschützt wurde.

Vermutlich hatte er sie noch nicht gesehen, das war gut. Sie machte eine Handbewegung und der Mann wurde ohnmächtig, eine weitere Handbewegung ließ die Schnüre und

Knoten sich öffnen und den Mann herunter auf den Waldboden fallen, wo die Hexe seinen Fall jedoch verlangsamte, sodass er sanft aufkam.

Sie kniete sich neben ihn und berührte ihn an der Schulter, damit er wieder zu sich kam. Er war völlig benebelt und hatte Mühe, sich zu orientieren.

„Keine Angst, ich versuche Ihnen nur zu helfen!", sagte die Hexe so freundlich sie nur konnte und lächelte den Mann zaghaft an.

Sie hatte schon sehr lange keine Konversation mehr mit anderen Menschen betrieben und ihr Lächeln wirkte reichlich schief und eingerostet. Doch der junge Mann schien keine Angst vor einer alten Frau zu haben und war stattdessen heilfroh, dass ihn jemand gefunden hatte und mehr noch – dass er lebte!

„Wie kommen Sie denn hierher?", fragte die Hexe neugierig.

Der junge Mann richtete sich auf und schaute nach oben. Dort entdeckte er die Reste seines Fallschirms im Baumwipfel.

„Ich kann es nicht fassen, dass ich noch lebe!", rief er laut. „Ich bin aus dem kleinen Flugzeug gesprungen, als der Motor plötzlich versagte, und bin dann heruntergefallen wie ein Stein. Keine Ahnung, wie lange ich mich in dem Baum festgeklammert habe, bis ich dann letztendlich abgestürzt bin."

„Nun, Sie hatten Glück, der Boden ist recht weich und die Äste haben Ihren Fall gebremst. Kommen Sie doch einfach mit in meine Hütte, dann können Sie sich frisch machen und etwas essen und trinken."

Die Alte reichte dem Mann die Hand und half ihm hoch. Sie erschien ihm erstaunlich kräftig, dafür, dass sie aussah wie eine verschrumpelte Rosine. Dankbar nickte er ihr zu und versuchte dann vorsichtig, alle Glieder zu bewegen. Es schien tatsächlich nichts gebrochen zu sein. Die Alte drehte sich um und ging den Weg zur Hütte zurück. Rasch holte er auf und ging neben ihr her.

„Sie leben ganz allein in dem Wald?", fragte er zaghaft.

„Ja", lachte die Hexe. „Solange ich denken kann. Aber es stört mich nicht. Es ist friedlich hier, ich bin im Einklang mit der Natur und ich bin sehr zufrieden."

Der junge Mann blickte sich skeptisch um.

„Aber ist Ihnen denn nicht langweilig? Oder haben Sie einen Fernseher oder einen Computer?"

Die Alte kicherte.

„Nein, mein junger Freund. So etwas habe ich nicht. Und ich brauche es auch nicht. Ich habe einige alte Bücher, die ich gerne lese oder ich gehe einfach in den Wald und lausche der Natur oder sammle Kräuter. Und ich habe ja auch meine Tiere."

„Tiere?", fragte der junge Mann.

„Ja, ich habe drei Haustiere. Im Tümpel da vorne schwimmt ein Aal. Dort hinten rennt mein Wildschwein und vor der Hütte in einer Voliere habe ich noch einen Singvogel."

Der junge Mann lachte.

„Das sind ja lustige Haustiere, aber warum nicht. Andere halten sich ein Krokodil oder giftige Spinnen. Da sind Ihre Haustiere wesentlich ungefährlicher!"

Die Alte grinste. Na, wenn du dich da mal nicht täuschst, dachte sie, sagte aber nichts und nickte nur. Sie überlegte bereits, wie sie den Mann wieder loswerden könnte.

Da der junge Mann ihr erster Gesprächspartner seit undenklicher Zeit war, bot sie ihm nicht nur Speis und Trank, sondern auch ein Nachtlager auf ihrer Couch, was er alles gerne annahm. Sie unterhielten sich sogar noch sehr nett bis in die Abendstunden und beinahe tat es der alten Frau leid, dass sie ihn am nächsten Tag zum Waldrand bringen musste, von wo aus er in die Zivilisation zurückkehren würde.

In den frühen Morgenstunden wachte die Alte auf und hatte das untrügliche Gefühl, dass etwas nicht in Ordnung war, aber sie konnte nicht sagen, um was es sich handelte. Alles war ruhig und unauffällig. Zu ruhig eigentlich. Und dann fiel ihr auf, dass ihr Vogel keine der Melodien pfiff, mit denen er sie normalerweise morgens aufweckte.

Rasch sprang sie aus dem Bett und zog sich mit ein wenig magischer Hilfe ihr Überkleid an, dann sprang sie auch schon aus ihrer Kammer hinaus.

Die Couch im kleinen Vorraum, der als Wohnzimmer diente, war leer. Der junge Mann war wohl ausgeflogen. Schnell ging sie die wenigen Schritte bis zur Haustür und öffnete sie vorsichtig. Falls der junge Mann etwas anstellte, wollte sie ihn nicht aufschrecken. Doch er war auf den ersten Blick nirgends zu entdecken.

Der Käfig war offen und der Vogel fehlte. Sie rief nach ihrer Wildsau, die normalerweise in einem kleinen Unterstand nahe der Hütte schlief, doch auch die Wildsau war verschwunden. Mit eiligen Schritten ging sie zum Tümpel. Ein Aal konnte schließlich nicht einfach aus dem Wasser heraus spazieren. Doch auf halber Strecke sah sie schon von Weitem das Unglück und es war zu spät, um es aufzuhalten.

Trotzdem rannte sie so schnell sie konnte zu dem Tümpel, an dem der junge Mann stand, den Vogel auf den Schultern, und seinerseits beobachtete, wie der Aal und das Wildschwein ihre natürliche Form zurückgewannen. Schließlich überragte Leviathan, der alte Meeresdrache, den Tümpel um ein Mehrfaches und auch Behemoth war vom Keiler zum Ungeheuer mutiert.

Er sah aus wie ein großer Dinosaurier, der in sich Elemente eines Wasserbüffels oder Nilpferdes trägt und ein wenig von einem Mammut. Ein sehr großes, schweres und kräftiges Tier, das seinesgleichen auf Erden sucht.

Die Hexe wusste, dass sie versagt hatte. Es war ihre Aufgabe gewesen, die beiden Ungeheuer im Zaum zu halten, damit sie weder die Menschen heimsuchen, noch sich einen Kampf auf Leben und Tod liefern konnten, den letztendlich nur der Schöpfer selbst entscheiden würde, indem er beide Tiere tötete.

„Was hast du getan?", schrie sie den jungen Mann an, als sie völlig außer Atem bei ihm angelangt war. Doch als er sich zu ihr umdrehte, erkannte sie IHN und fiel auf die Knie.

„Es war Zeit", sagte er sanft. „Die beiden dürfen nun ihre Aufgabe auf der Erde erfüllen, bis die festgesetzte Frist abgelaufen ist. So lange wird Leviathan das Meer beherrschen und Behemoth die Wüste. Und am Ende hole ich sie nach Hause. Genau wie dich."

„Aber ich habe doch meine Aufgabe gut gemacht?", fragte die Alte weinend. „Ich habe doch auf die beiden aufgepasst. Und auf den Vogel. Genau, wie es abgesprochen war …"

„Du hast alles richtig gemacht, keine Sorge", lächelte ER ihr zu. „Und jetzt bist du frei und kannst gehen, wohin du willst, du hast deine Pflicht erfüllt. Und diese beiden sind in ihre Elemente entlassen, um dort noch weitere Aufgaben zu erledigen."

„Was ist mit mir?", fragte der Vogel, und die Alte war keinesfalls überrascht, dass der Vogel plötzlich sprechen konnte.

„Du bist ebenfalls frei. Flieg, wohin du willst, und folge deiner natürlichen Bestimmung." Ohne weiteren Kommentar erhob sich der Vogel in die Lüfte und war bald am Horizont verschwunden.

Als die Alte den Vogel nicht mehr erkennen konnte, wendete sie sich IHM wieder zu. Doch genau wie Leviathan und Behemoth war ER verschwunden.

Sie fühlte sich ein wenig überflüssig, doch sie war stolz, dass sie ihre Aufgabe gut und richtig erfüllt hatte. Langsam ging sie zu ihrer Hütte zurück, um zu überlegen, was sie mit ihrer Freiheit anfangen wollte.

Und in dieser Hütte lebt sie heute noch. Wer das Glück hat, ihr zu begegnen, dem erfüllt sie einen Wunsch.

Abb. 3: „Die Vernichtung des Leviathan"
Gravur von Gustave Doré, 1865

Teil 2
Die Welt der Schlangen

Die Schlange in unseren Überlieferungen

Bevor wir uns der Regenbogenschlange der australischen Ureinwohner widmen, werfen wir einen Blick auf einige der unzähligen Fabelwesen, die seit tausenden von Jahren in unserer Mythologie ihr Unwesen treiben.

Die erste berühmte Schlange

In der christlichen Kultur hat die Schlange seit dem Sündenfall keinen besonders guten Ruf. Denn sie war es, die Eva dazu geraten hat, die verbotene Frucht (übersetzt mit „Apfel" aber es war wohl eher eine Feige, das nur nebenbei) vom Baum der Erkenntnis zu essen.

Zur Erinnerung: Gott hatte es zwar verboten und Adam und Eva gesagt, sie sollten nicht von dem Baum essen, damit sie nicht sterben würden. Die Schlange nahm Eva diese Angst und erklärte, dass sie keineswegs sterben würde, sondern stattdessen genau wie Gott unterscheiden könnte, was gut und böse ist.

Eva glaubte der Schlange und gab auch Adam von der Frucht zu essen. Tatsächlich starben sie nicht, sondern ihnen wurde zunächst klar, dass sie nackt waren.

Um Schlimmeres zu verhindern, warf Gott die beiden aus dem Garten Eden, damit sie nicht auch noch vom Baum des Lebens essen und unsterblich werden würden.

Damit nicht genug verfluchte er die Schlange dazu, künftig auf dem Bauche zu kriechen und Staub zu fressen. Zusätzlich bestimmte er, dass die Menschen und Schlangen künftig Feinde sein sollten. Und die Frau wurde dadurch bestraft, unter Mühen Kinder zu gebären ...

Nun, da könnte man sich zunächst fragen, wie die Schlange sich zuvor fortbewegt hat, wenn nicht auf dem Bauch ... Und war es der Schlange verboten, mit den neu geschaffenen Menschen zu sprechen und ihnen die Wahrheit zu sagen? Immerhin hatte die Schlange ja nicht gelogen, sondern Eva wahrheitsgemäß berichtet, dass sie nicht sterben würde, wenn sie von den Früchten nascht.

Wir wollen uns jedoch nicht in theologische Diskussionen verstricken. Klar ist, dass aufgrund dieser biblischen Episode die Christen keine hohe Meinung von der Schlange haben.

Die babylonische Göttin Tiamat

Diese Göttin entstammt der Schöpfungsmythologie des alten Babylons. Sie ist die Urgöttin, die aus dem Chaos entstanden ist, aus dem Urwasser, das bereits zu Beginn der Schöpfung existierte.

Von dieser Göttin verwandelte sie sich in ein Drachenwesen, die rote Drachenfrau. Sie entstammt dem Meer soll der Legende nach verschiedene Wasserwesen und Ungeheuer erschaffen haben. Mit ihrem Gemahl Abzu, der das Süßwasser darstellt, hat sie viele Kinder, die ebenfalls Seeungeheuer und andere Wasserwesen sind.

Sie wird unterschiedlich dargestellt, soll jedoch zwei Stierhörner haben, Greifflügel und Löwenpranken. Wahlweise ist sie also „nur" eine Seeschlange oder ein Drache.

Die ägyptische Uräusschlange (Kobra) als Zeichen der Macht

In Ägypten schmückten sich die Pharaonen mit der Uräusschlange, als Zeichen für ihre Weisheit und Macht.

Der negative Aspekt der Schlange wird die Apophisschlange repräsentiert. Der Gott Apophis (oder Apepi) verkörpert die Finsternis und das Chaos und ist der größte Feind der Göttin Maat, der Göttin der Gerechtigkeit und Tochter des Sonnengottes Re.

Die Ägypter glaubten seit dem Mittleren Reich daran, dass Apophis bereits im Urchaos (dem Meer, das bereits vor der Schöpfung existierte) lebte. Der Überlieferung nach greift Apophis jede Nacht die Sonnenbarke des Gottes Re an, mit der dieser durch die ägyptische Unterwelt (Duat) reist. Und regelmäßig muss der Sonnengott nachts gegen Apophis kämpfen und ihn besiegen, damit er morgens als Sonne am Himmel erscheinen kann.

Die Ägypter verehrten zwar viele Götter, aber bei Apophis versuchten sie eher, ihn zu besänftigen und ihn in Schach zu halten.

Die chinesischen Schlangen

In China werden Schlangen als klug und weise angesehen. Oft vermischen sich die Schlangen und Drachen sogar miteinander und werden quasi gleichgesetzt.

In der chinesischen Astrologie gibt es das Tierkreiszeichen der Schlange und des Drachen und beiden werden sowohl positive als auch negative Eigenschaften zugeschrieben. Die Menschen des Zeichens „Schlange" gelten als schlau, listig und trickreich. Aber auch rätselhaft, geheimnisvoll und schwer durchschaubar, da sie ihre Gefühle nicht offen zeigen.

Gleichzeitig sagt man ihnen nach, dass sie eine ausgezeichnete Beobachtungs- und Auffassungsgabe haben und am liebsten in Ruhe gelassen werden wollen. Sie scheuen offene Konfrontationen, da sie eher empfindsam sind.

Die Schlange als Symbol steht allerdings auch für den Tod und für die Erneuerung. Denn sie kann in regelmäßigen Abständen ihre Haut abstreifen und wird dadurch „verjüngt".

Schlangenkult der Griechen

Eine Schlange, die sich um einen Stock windet, kennen wir auch heute noch. Wir verwenden das Symbol für den Äskulap-Stab.

Asklepios (heute: Äskulap) war der griechische Gott der Heilkunde. Sein Attribut war der von einer Schlange umwundene Stab. Zu seinen Lebzeiten soll Asklepios immer eine Äskulapnatter mitgenommen haben, die sich auf der Reise um seinen Wanderstab ringelte. Ihm zu Ehren wurden in den Asklepios-Tempeln immer Schlangen gehalten.

Äskulap-Stab
(Luigi Chiesa, wikipedia, gemeinfrei)

Asklepios war der Sohn des Gottes Apollon (selbst der Gott der Heilung und des Lichts) und einer Fürstentochter. Aufgezogen und im Heilwissen unterrichtet wurde er von dem berühmten Zentauren Cheiron.

Da er die Kunst beherrsche, Tote wieder zum Leben zu erwecken, wurde Hades, der Gott des Totenreiches sauer und er beschwerte sich bei Zeus, dass Asklepios ihm ins Handwerk pfuschte. Daraufhin wurde Asklepios von Zeus mit einem Blitz erschlagen.

Bei den Römern und Griechen gab es auch die Göttinnen **Minerva** und **Athene**, die für die Weisheit stehen. Ihre Symboltiere sind die Eule (Athene, Griechenland) sowie die Schlange (Minerva, Rom).

Erichthonios oder Erechtheus I. war der Sohn des Schmiedegottes Hephaistos und der Erdmutter Gaia. Doch weil der Junge den Unterleib einer Schlange hatte, wollte Gaia das Kind nicht aufziehen. Athene nahm Erechtheus zu sich und ließ ihn von den drei Töchtern des Kekrop I. bewachen.

Dazu packte sie ihn in eine Kiste, die die drei Mädchen nicht öffnen durften – natürlich schauten sie trotzdem nach und erschraken über das Mischwesen. Von da an zog Athene das Schlangenkind alleine auf. Er entwickelte sich prächtig und wurde zum König von Attika.

Die Sagen sind allerdings hier nicht einheitlich und Erichthonios wird manchmal auch (nach Apollodor) als Sohn von Atthis und nicht Gaia bezeichnet.

Wenn wir über die griechische Mythologie sprechen, dürfen wir auch nicht **Medusa** vergessen, die freundliche Dame mit dem Schlangenhaupt. Sie war eine der drei **Gorgonen**. Das sind geflügelte Monster mit Schlangenhaaren, die jeden versteinern, der sie anschaut.

Die Überlieferungen sind hier ziemlich unterschiedlich. Homer berichtet nur von einer Gorgo, Hesiod erzählt von drei Gorgonen (Stheno, Euryale, Medusa). Auch ihr Wohnort wurde verschieden angegeben, einmal im Atlasgebirge, einmal in Libyen.

Die drei Schwestern waren die Kinder der Geschwistergötter Phorkys und Kethys (Meeresgötter). Sie wurden anfangs als missgestaltet beschrieben, später jedoch zu Schönheiten umgedichtet.

Medusa wurde durch eine List des Helden Perseus geköpft, der beim Kampf einen spiegelnden Schild benutzte, damit er Medusa nicht anschauen musste. Den abgetrennten Kopf überreichte er als Geschenk der Göttin Athene.

Die gefiederte Schlange der Tolteken, Azteken und Maya

In Mexiko finden sich heute noch Überreste der berühmten Hochkulturen der Azteken, Olmeken, Tolteken, Zapoteken, Mixteken und natürlich der Maya. Sie glaubten an verschiedene Götter, darunter ebenfalls eine Schlangengottheit.

Der Gott **Quetzalcoatl** wurde als große Klapperschlange abgebildet, die mit den Federn des heiligen Quetzalvogels bedeckt war. Bei den Tolteken war er der Hauptgott, auch bei den Azteken galt er als Schöpfergott, war aber auch zuständig für den Wind, den Himmel und die Erde.

Darstellungen dieser gefiederten Schlange sind beispielsweise in Teotihuacán zu finden. Diese Quetzalschlange wurde auch Kukulcán (bei den Maya) oder Q'uq'umatz (bei den Quiché-Indianern in Guatemala) genannt.

Den weiblichen Gegenpart zur männlichen Schöpferschlange bildet die Erdgöttin Coatlicue, die ebenfalls als Schlangengöttin und Muttergottheit verehrt wurde.

Auf der Statue, die sie darstellt, ist auch ein Totenkopf abgebildet. Somit zeigt sie nicht nur das Leben und die Geburt, sondern auch den Tod an. Genau wie die anderen Schlangendarstellungen ist sie somit ambivalent. Geburt und Tod, Werden und Vergehen, ein ewiger Kreislauf. Manchmal auch dargestellt durch die Schlange, die sich selbst in den Schwanz beißt.

Die Midgardschlange der Germanen

Die Weltenschlange (Jörmungandr) ist laut der germanischen Mythologie eine Seeschlange, die im Urozean lebt (genau wie bei Tiamat und Apophis erwähnt). Sie ist riesig und umspannt die gesamte Welt (Midgard, die Welt der Menschen).

Sie ist das Kind von Loki und der Riesin Angrboda. Ihre bösen Geschwister sind Hel, die Herrscherin der Unterwelt (Helheim) und der Fenriswolf, der am Tag von Ragnarök (dem Weltenbrand, der letzten Schlacht) Odin verschlingen wird.

Thor hat zweimal vergeblich versucht, die Schlange zu töten. Sobald die Schlange, die sich bei der Umspannung der Welt in den Schwanz beißt, diesen loslässt, beginnt Ragnarök und sie wird ein drittes Mal gegen Thor antreten.

Dabei wird sie ihn beißen, bevor er sie mit dem Hammer Mjölnir erschlägt. Doch dann wird er an dem Gift des Bisses sterben.

Die Verbindung der Schlange mit der dunklen Seite

In praktisch allen Kulturen wird der Schlange auch eine Verbindung zur Unterwelt angedichtet. Denn sie lebt in der Erde, also im Dunkeln und dort befindet sich auch das Totenreich.

Sie hat also eine Verbindung zur „Unterwelt" und somit zu den finstern Göttern, die dort hausen, aber auch zu den zauberkundigen Verstorbenen.

In der Erde liegen auch Goldschätze und Edelsteine verborgen. Die Schlange kennt diese Verstecke und wird häufig auch als deren Wächterin angesehen. Sie kann also sowohl gut als auch böse sein und wird gleichzeitig in ihren unterschiedlichen Ausprägungen weise oder zerstörerisch dargestellt.

Galaru, die Regenbogenschlange

Australien - Ein paar Fakten vorab

Australien umfasst neben dem eigentlichen Kontinent noch weitere zugehörige Inseln und hat somit eine Fläche von nahezu acht Millionen km².

Die Hauptstadt ist zwar Canberra, bekannter sind aber die größeren Städte wie Sydney, Melbourne, Perth, Adelaide oder Brisbane. Australien hat ca. 24 Millionen Einwohner und untersteht der Königin von England, Elisabeth II. Daher ist auch die Amtssprache Englisch.

Von den drei Großlandschaften Australiens sind die östliche und die mittlere praktisch unbewohnt, da sich dort die Salzseen und die trockensten Regionen des Landes befinden.

Im westlichen Teil, der ca. 60% ausmacht, liegt das Tafelland des Westaustralischen Plateaus, aber auch hier gibt es hauptsächlich Wüsten. Diese großen Wüstengebiete werden als „Outbacks" bezeichnet.

Wie bereits erwähnt, kennen wir von der dortigen Tierwelt hauptsächlich die Koalas und die Kängurus, dort finden sich aber auch das Schnabeltier, große Flughunde, der Wombat oder der Beutelteufel, um nur einige zu nennen. Heimtierbesitzer kennen die schönen bunten Wellensittiche, die aus dem heißen Land kommen.

Die Fauna beschert uns dagegen Eukalyptus- und Akazienbäume. Gefährlich sind hauptsächlich die verschiedenen Schlangenarten, die in Australien beheimatet sind, da sie äußerst giftig sind. Auch Giftspinnen und Krokodile, giftige Quallen und Haie tummeln sich dort.

Taucher begeistern sich über das einzigartige *Great Barrier Reef*, das sich an der Ostküste von Queensland befindet und das größte Korallenriff der Erde darstellt.

Dieses gehört neben zehn weiteren Gebieten zu den Weltkulturerben, darunter auch der *Uluru-Kata-Tjuta-Nationalpark*, wo sich der *Ayers Rock (Uluru)* befindet.

Die politische Lage der indigenen Bevölkerung (Aborigines), die sich aus verschiedenen Kulturen unterschiedlicher Sprachen zusammensetzt, ist ähnlich schwierig wie die der Indianer Amerikas.

Viele Aborigines leben in New South Wales, Queensland und im Northern Territory, aber fast 80% haben ihre ursprüngliche Lebensform aufgegeben und leben heute in Städten.

Die Aborigines sind das älteste Naturvolk der Erde und äußerst faszinierend. Sie praktizieren im Alltag über tausende von Kilometern hinweg die telepathische Kommunikation, als wäre dies nichts Außergewöhnliches.

Sie haben ein wunderbares, beinahe esoterisch anmutendes Verständnis von der Ganzheit allen Lebens. Darüber hinaus verwenden sie die ungewöhnlichen Musikinstrumente *„Didgeridoos"* in ihren Ritualen. Ein wirklich besonders interessantes Volk!

Die Mythologie der Ureinwohner
- Die Traumzeit -

Die Mythologie und Religion der Ureinwohner ist faszinierend und bietet eine Fülle von Legenden und Erzählungen, die keine ähnlichen Entsprechungen oder Hauptpersonen in unseren westlichen Mythologien finden.

Bei den Aborigines ist die Welt mit allem, was darin ist, in der „Traumzeit" entstanden, einer raum- und zeitlosen Welt, von der aus ständig weitere Schöpfungen in unsere bekannte Realität einfließen.

Bestimmte Ereignisse aus der Traumzeit werden nach Ansicht der Eingeborenen durch Bäume, Felsen oder ähnlichen Dingen repräsentiert.

Alles, was wir auf der Erde kennen, hat also seinen Ursprung in der Traumzeit, jener Welt, in der auch die Ahnen bzw. Ahnenwesen leben, mit denen begabte Männer (Schamanen) durch bestimmte Rituale Kontakt aufnehmen können.

Viele dieser Traumzeitwesen sind auf den unzähligen Fels- und Höhlenmalereien dargestellt. Diese mythischen Wesen sind zwar Schöpfer, werden aber nicht wie Götter anderer Religionen verehrt.

Die Regenbogenschlange

Beliebtes Motiv und wichtige Darstellerin der Traumzeiterzählungen ist die Regenbogenschlange. Die weibliche Regenbogenschlange ist ein Erdgeist und hat als solches die Landschaft (Täler, Wasserlöcher, Berge) erschaffen, wohingegen sie in ihrer männlichen Form, der Sonne – den Regenbogen erschuf.

Die Form der Schlange und des Regenbogens finden sich daher als zentrale Themen der Traumzeit und der Schöpfung auf vielen künstlerischen Darstellungen, nicht nur auf den alten Felsmalereien, sondern auch in der modernen Kunst.

Wenn man bedenkt, dass Australien hauptsächlich aus trockenen Gebieten besteht, ist es verständlich, dass der Regenbogenschlange als Schöpferin und Hüterin von Wasserquellen eine ganz besondere Bedeutung zukommt. Sie hat auch eigene Namen, die sich aber je nach Region unterscheiden.

GALARU, die Regenbogenschlange
Eine schamanische Kurzgeschichte

„Anita, was machst du denn da? Hast du schon wieder die Nase in einem Buch? Schau dich lieber hier um und genieß die Landschaft!"

Anita schaute nur kurz aus ihrem Reiseführer auf und blickte nach draußen auf die staubige Straße, auf der sie schon seit gefühlten Ewigkeiten unterwegs waren. Dann vertiefte sie sich gleich wieder in die Stelle über die Mythologie der Aborigines, die sie gerade gelesen hatte.

Dirk seufzte und rollte mit den Augen. Nicht zu fassen, dass sie lieber las, als die australische Landschaft zu bewundern. Aber Anita war ein Bücherwurm und kaum dazu zu bewegen gewesen, sich auf den Urlaub in Coward Springs einzulassen. Er und seine Freunde dagegen wollten das wilde Leben im Outback genießen und das Hinterland erkunden.

Über die Sehenswürdigkeiten der alten Eisenbahnstation hatte er sich nicht so gründlich informiert, das war ihm egal. Er suchte einfach nur den Kick, das Abenteuer.

Zu Fünft saßen sie in dem Truck, der sie zum Zeltplatz brachte. Drei Männer und ihre beiden Frauen, Letztere weniger begeistert, aber mit ihrer Liebe für Mythologie und die geheimnisvollen Legenden der Ureinwohner hatten die Männer sie schließlich umstimmen können.

Eine gute Viertelstunde später waren sie am Zielort angekommen, und während die Männer die Zelte aufschlugen, gingen die Frauen skeptisch und mit hochgezogenen Augenbrauen den Campground ab und beäugten die Gemeinschaftsduschen. Unnötig, darüber ein Wort zu verlieren, Komfort sah anders aus.

„Komm, wir setzen uns da drüben in den Schatten dieses Busches oder Baumes oder was auch immer es ist, ich muss dir eine interessante Stelle im Reiseführer zeigen über eine Quelle, die wir hier anscheinend zu sehen bekommen."

Anita ging zielstrebig auf den nächstbesten Baum zu und Gudrun folgte ihr dankbar. Die Hitze war ja nicht auszuhalten. Was hatte sie sich nur dabei gedacht, dieser Reise zuzustimmen?

Sie warf einen kurzen Blick auf die drei Männer, die sich freuten wie abenteuerlustige Kinder und gemeinsam die Zelte aufbauten. Dirk und Jochen waren ohnehin zwei Kindsköpfe und sie hatten Jörg noch kurz vor der Abreise zu dem Trip überredet, weil dieser irgendwie nie aus dem Haus kam und einfach mal etwas erleben sollte – so dachten zumindest die beiden anderen Männer.

Im Schatten angekommen, kontrollierten die beiden Frauen zunächst, ob auch alles insekten- und schlangenfrei war, bevor sie sich dann tatsächlich setzten.

„Hier", sagte Anita, noch bevor Gudrun sich im Staub niedergelassen hatte. *„Hier steht, dass es in Coward Springs eine Quelle gibt, die als Mund der Regenbogenschlange gilt und die Hügel dahinter bilden den Kopf. Leider kann man dort nur als Aborigine hin, weil die Schlange sonst den Eindringling verhext und er stirbt."*

Gudrun war unbeeindruckt und fächelte sich etwas Luft zu.

„Also ich denke nicht, dass wir den Platz zu sehen bekommen und ich frage mich, warum die Schlange jeden töten sollte, der zu der Quelle kommt? Die Aborigines müssen doch irgendwoher Wasser holen, oder?"

Anita klappte den Reiseführer zu.

„Naja", sie zuckte mit den Schultern. „Ich weiß auch nicht so genau. Vielleicht gibt es auch einen Fehler in der Überlieferung. Aber die Regenbogenschlange Galaru hat damals die Erde geformt und die Täler und die Flussläufe ..."

Gudrun unterbrach ihre Freundin.

„Heißt die Schlange nicht Bolan?", fragte sie dazwischen. „Und ist sie nicht eine Wasserschlange?"

„Hm", meinte Anita und blätterte in ihrem Buch hin und her.

„Dazu habe ich verschiedene Informationen erhalten. Diese Schlange ist wohl männlich UND weiblich und ist weibliche Erdgöttin aber gleichzeitig in ihrer männlichen Form die Sonne. Sie hat ganz viele regional unterschiedliche Namen.

Dann heißt sie wieder Julunggul und hat als Göttin des Regens etwas mit den Flüssen und Gewässern zu tun. Sie sorgt für Nahrung und Erneuerung aller Wesen auf der Erde und kann als Kupfer-Schlange auch den Regen bringen.

In jeder Region hat sie einen anderen Namen. Hier werden gleich mindestens vier genannt. Bolan, Kunukban, Galaru und Unjuat."

Anita klappte das Buch zu.

„Puh, ich hatte mir die Mythologie etwas einfacher vorgestellt. Einfach eine kurze Beschreibung und ein Name und – zack, fertig. Ob wir wohl einen Ureinwohner finden, der uns mehr darüber erzählen kann?"

Gudrun fächelte sich Luft zu, weil es immer heißer wurde.

„Ich glaube nicht, dass die Ureinwohner hier einfach so herumrennen und uns über ihre Mythologie aufklären können. Sprechen sie überhaupt alle Englisch oder haben sie einen eigenen Dialekt? Und wie gut ist dein Englisch, um das zu verstehen, was sie dir dann erklären?"

Anita war enttäuscht.

„Naja, ich kann schon Englisch, aber ich weiß nicht, ob ich alle mythologischen Begriffe verstehen kann, die die mir um die Ohren hauen werden. Oder würden, falls wir je einen Ureinwohner zu Gesicht bekommen."

Abb. 1: Dinjimanne mit Frau und Tochter
im Giles-West-Camp, South Australia 1903

Abb. 2: Hütten der Aborigines, Hermannsburg, Northern Territory 1923

Die beiden Frauen verfielen in dumpfes Brüten. Also keine Ureinwohner, keine Quelle, keine Geschichten. Dafür Hitze, Staub, Gemeinschaftsduschen und viel Schweiß. Prima.

„Gudrun, schau mal!", rief Anita plötzlich aufgeregt.

„Da vorne kommt eine Kamelkarawane, das war eine der Touristenattraktionen. Und ich glaube, wenn mich nicht alles täuscht, ist da ein echter Aborigine dabei. Super!"

Sie sprang auf und ging eilig der Karawane entgegen, die auf eine Hütte zusteuerte, wohl der Sammelpunkt, an dem die Touristen wieder abgesetzt werden sollten. Sicherlich war es nicht abwegig, einen einheimischen Führer dafür einzustellen, den Touristen die Gegend zu zeigen. Der alte

Mann würde sich doch bestimmt auch mit den Legenden seines Landes auskennen, oder?

Anita hatte die Karawane fast erreicht, als sie über einen Holzscheit stolperte, den einer der Camper verloren hatte. Eigentlich lag dieser gut sichtbar auf dem Weg, aber da sie in ihrer Eile die Augen stur auf die Kamele gerichtet hatte, fiel sie direkt darüber und knallte der Länge nach in den staubigen Sand und schlug dabei auch noch mit dem Kopf auf.

Gudrun hatte die Szene von Weitem beobachtet und wollte der Freundin schon einen spaßigen Spruch zurufen, doch als Anita sich nicht sofort aufrichtete, rannte Gudrun quer über den Platz, um nachzusehen. Vielleicht war sie durch den Schlag auf den Kopf ganz kurz besinnungslos geworden? Es war ja auch zusätzlich sehr heiß und sie war sowieso von der Reise geschwächt gewesen.

„Anita? Anita?", rief sie, während sie sich neben die Freundin kniete.

Diese schien unverletzt, aber sie reagierte nicht. Schnell winkte Gudrun die Touristen herbei, die in Reichweite bei den Kamelen standen, und rief halblaut um Hilfe. Vielleicht könnte ihr jemand helfen, die Freundin in den Schatten des Gebäudes zu bringen? Oder gab es darin gar ein Krankenzimmer, wo man ihr vielleicht kaltes Wasser über das Gesicht gießen könnte?

Der alte Aborigine war unter den Ersten, die Gudrun zu Hilfe eilten. Er kniete sich neben Anita in den Staub und fühlte ihren Puls und ihre Stirn. Dann griff er unter sie und trug sie in den Schatten des kleinen Hauses, direkt neben ein Regenfass. Gudrun hätte dem kleinen drahtigen Ureinwohner diese Kraft gar nicht zugetraut.

Flink folgte sie ihm und beobachtete, wie er die arme Anita vorsichtig in den Schatten setzte, mit dem Rücken an das Gebäude gelehnt. Dann murmelte er einige unverständliche Worte und griff in seine moderne Gürteltasche, aus der er ein Leinentuch zog. Er befeuchtete es in dem Regenfass – wie alt das Regenwasser darin wohl war? überlegte Gudrun – und legte Anita einen feuchten Lappen auf die Stirn.

Dann erklärte er Gudrun auf Englisch, dass Anita unverletzt sei, aber von den Ahnen gerufen worden war, weil sie an ihnen gezweifelt hatte. Er sagte das in einem beinahe ehrfürchtigen Ton und hätte Gudrun sich nicht selbst davon überzeugen können, dass Anita noch atmete, hätte sie befürchtet, dass der alte Mann ihr beibringen wollte, dass ihre Freundin soeben verstorben war.

„Von den Ahnen gerufen? Was soll das bedeuten?", fragte sie skeptisch.

„Sie wurde in die Traumzeit gerufen, sie wird eine Vision erleben und dann zurückkehren", erklärte der Aborigine ihr in ganz einfachen Worten.

„Ich werde bei ihr bleiben, bis sie wieder zurückkommt", erklärte er dann und ließ sich im Schneidersitz neben Anita auf den Boden sinken.

Anita hatte derweil kaum etwas davon wahrgenommen. Sie war halb in der Realität und halb entrückt.

Als sie mit der Stirn kurz und hart auf den Boden aufgeschlagen war, wollte sie sich fluchend aufrichten – und dachte eigentlich, dass sie das auch getan hätte – aber dann sah sie sich selbst am Boden liegen und die Szenerie um sich herum kam ihr wie ein Traum vor.

Wo war sie? Was war wirklich? Da stand ein alter Eingeborener vor ihr und winkte sie zu sich. Gehorsam folgte sie ihm.

Er ging vor ihr her, ohne sich noch einmal umzublicken und führte sie mitten in die Wildnis hinein. Anita hatte das Gefühl für Zeit und Raum verloren, die Sonne stand hoch am Himmel, doch sie spürte weder Hitze noch Kälte, auch keinen Hunger und keinen Durst.

Sie ging einfach immer weiter dem Mann hinterher, ohne zu wissen, wohin er sie führen würde. Immer weiter und weiter. Wie weit?

Sie hatte keine Ahnung. Meter oder Kilometer? Es fühlte sich an wie im Traum, in dem man auch innerhalb von Sekunden plötzlich auf einem anderen Kontinent stehen konnte, ohne die geringste Anstrengung zu verspüren.

Schließlich blieb der alte Mann stehen und deutete auf eine Quelle, die die Form eines Mauls besaß. Dann war er auf einmal verschwunden, als wäre er nie da gewesen. Dafür lag eine bunte, zusammengerollte Schlange neben der Quelle, die sich jetzt zischelnd aufrichtete.

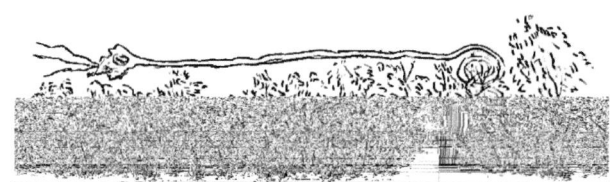

Abb. 3: Myndie ca.1878 (nach Aborigine-Zeichnung), Myndie ist eine mythologische Schlange der Aborigines aus Victoria

Die Schlange war riesig. Sie verformte sich vor Anitas Augen, entrollte sich, rollte sich wieder zusammen, glitzerte, funkelte und tauchte schließlich in die Quelle ein.

Als sie sich wieder daraus erhob, war es keine Schlange mehr, sondern eine hübsche dunkelhaarige Frau, die aussah, wie eine der Ureinwohnerinnen.

„Hallo Anita", begrüßte die Schlangenfrau die verdutzte Deutsche.

„Hallo", murmelte Anita verunsichert. Sie kam sich vor als würde sie träumen oder halluzinieren. Hatte sie Drogen eingeflößt bekommen? Nein, soweit sie wusste, hatte sie nichts Ungewöhnliches zu sich genommen.

„Anita, du musst dich nicht fürchten. Ich habe dich gerufen, um dir einige deiner Fragen zu beantworten, die dich so sehr verwirren." Die Schlangenfrau lächelte.

„Welche Fragen?" Anita war nun tatsächlich verwirrt und die Schlangenfrau musste bei dem Blick in Anitas Gesicht prustend loslachen.

„Du fragst dich, wer die Regenbogenschlange ist. Ob männlich oder weiblich. Erdgeist oder Wassergeist. Warum hat sie so viele Namen?", half ihr die Schlangenfrau auf die Sprünge.

„Ach so, ja", Anita fühlte sich tatsächlich ein wenig benebelt.

„Vielleicht möchtest du dich lieber setzen?", fragte die Schlangenfrau und bot Anita einen Platz neben sich an. Dankbar ließ Anita sich neben der jungen Frau nieder.

„Wer bist du und wo bin ich?", fragte Anita dann, als sie ihre Sprache wiedergefunden hatte.

„Du bist in der Traumzeit und ich bin die Regenbogenschlange, wenn du so willst", gab die andere Frau zurück.

Anita starrte die Frau erstaunt an.

„Die Schlange kann jede beliebige Form annehmen?", fragte sie zurück.

Die Frau lächelte.

„Ja, so könnte man es auch nennen. Schau, ich erkläre es dir am besten in ganz einfachen Worten, dann wird es leichter verständlich:

Zu Beginn von allem, also am Anfang der Welt, wie du es vielleicht nennen würdest, wurde alles erschaffen, was du hier siehst. Und die Aborigines denken, dass es eine Schlange war, die die Berge und Täler geformt hat.

Doch nicht die Erdschlange hat die Landschaft geformt, sondern eine wirbelnde Energie, die sich über das Land geschlängelt hat. Und sie denken, eine Wasserschlange hat die Flussläufe geformt und haust in den wirbelnden Wogen und Wellen des sich ewig bewegenden Wassers.

Aber in Wirklichkeit war auch das eine reine, schöpferische Energie, eine wirbelnde Energie, eine kreative, schillernde Energie, die mit Freude daran ging, alles Mögliche zu erschaffen. Die Menschen konnten aber keine wirbelnde oder tanzende Energie beschreiben oder benennen und das einfachste Bild, das ihnen zur Erklärung in den Sinn kam, war die Schlange, die sich in Wellen fortbewegt wie die Energie."

Die Schlangenfrau pausierte und Anita starrte sie einen Moment lang an, um die eben gehörte Erklärung sacken zu lassen.

„Aaaaaaaah!", sagte sie dann laut. *„Ich glaube, ich habe es verstanden. Dann bist du auch in Wirklichkeit keine Frau?"*

Die Schlangenfrau lachte.

„Nein, ich bin weder Frau noch Mann noch Mensch. Ich bin Energie. Aber ich habe mich dir in dieser kreativen Form präsentiert, weil sie dir vertraut ist und dir keine Angst einjagt. Oder hättest du lieber mit einem Feuerball oder einer riesigen bunten Schlange gesprochen? Ich kann das noch verändern, wenn du willst?"

Anita schüttelte hastig den Kopf.

„Nein, nein, eine Frau ist mir ganz recht. Ich muss die Information erst mal verdauen. Vielleicht weißt du es ja schon – falls du allwissend bist, ich kenne mich da nicht so aus – aber ich lese viel über die Mythologie alter Völker und die Schlange kommt ganz oft vor, nicht nur bei den Aborigines, auch bei den Indianern und bei den Eskimos, oder Inuit, wie man richtig sagen müsste."

Anita konzentrierte sich kurz, um ihre Frage richtig zu formulieren.

„Alle Kulturen haben unterschiedliche Formen von Schlangen, denen verschiedene Aufgaben oder Verhaltensweisen nachgesagt werden. Mal gut, mal böse, mal hilfreich. Heißt das dann, dass diese ganzen anderen Schlangen auch nur eine Form von Energie sind?"

„Was heißt hier „nur"?", fragte die Schlangenfrau zurück.

„Energie ist kreativ und wichtig und fließt immer weiter. Aber nicht jede Schlange ist in ihrem Ursprung die Energie. Manchmal hat man auch Tiere, die es jetzt nicht mehr gibt, als schlangenähnliche Wesen verehrt oder sie sogar als Monster dargestellt.

Zum Beispiel gibt es bei den **Inuit**, die du angesprochen hast, eine Meeresschlange mit Namen Tizheruk, die andere Pal-Rai-Yuk oder Naitaka oder Haietlik nennen. Es sind uralte Seeschlangen, die ab und zu in Richtung Land schwimmen und dabei den Menschen auch mal Streiche *spielen oder sie versehentlich beim Spiel im Wasser vom Bootssteg werfen. Diese Tiere sind aber echte Tiere, die nur falsch interpretiert wurden."*

Anita sah ein wenig enttäuscht aus. Sie hatte gehofft, durch die Interpretation der Schlangenfrau nun alle Schlangen über einen Kamm scheren und sie allesamt in allen Legenden als Interpretation von Energie deuten zu können.

„Du bist enttäuscht", sagte die Schlangenfrau. „Das tut mir leid. Aber es gibt eben oft mehr als eine Wahrheit. Ich kann dir kein einfaches Rezept zur Deutung an die Hand geben.

Viele symbolische Schlangen sind einfach kreative Schöpfungsenergie, besonders wenn sie in Schöpfungsmythen erscheinen. Andere, wie die Schlange der Inuit oder auch die gehörnte Schlange, die in vielen Kulturen vorkommt, sind einfach nur Tiere, die man manchmal zu Göttern oder Monstern oder was auch immer hochstilisiert hat, wegen ihres ungewöhnlichen oder unheimlichen Aussehens.

Gehörnte Schlangen gibt es auch heute noch, wenn du bitte an die Hornvipern denkst. Sie haben tatsächlich winzig kleine Hörner."

Anita nickte. Ja, sie kannte die Hornviper. Die kleinen gelb-weißen Wüstenschlangen hatten tatsächlich zwei kleine Hörner auf dem Kopf.

„Na gut, das verstehe ich ja noch, dass man da etwas verwechseln könnte, aber was ist mit den gruseligen Geschichten, die man sich über die Unhecegila Schlange der Lakota-Indianer erzählt?", fragte Anita herausfordernd.

Die Schlangenfrau grinste.

„*Du weißt aber schon, dass es auch Märchen in eurer Welt gibt, die von Schriftstellern erfunden werden und die kein reales Vorbild haben, oder?*"

Wieder nickte Anita. Oje, war sie da einem Märchen aufgesessen? Ganz schön peinlich.

Die Schlangenfrau schien aber nicht sauer zu sein, nur erheitert. Sie machte eine kurze Pause und blickte in den Himmel, dann sah sie Anita direkt an und erzählte mit warmer Stimme die Legende der Unhecegila Schlange.

„*Die Schlange der Lakota wohnt in den Black Hills und besitzt keine Form, dafür aber feurige Augen und einen Mund mit Fangzähnen und einen harten Körper, der undurchdringbar ist für die Waffen der Männer, sie hat Klauen aus Stahl und eine Stimme wie Donnergrollen.*

Man kann sie nicht töten – außer man trifft einen roten Punkt oder Edelstein, der als ihr Herz fungiert. Viele tapfere Krieger haben versucht, diese Schlange zu finden und zu töten, um an den Edelstein zu gelangen, der ihnen große Macht oder Tapferkeit verleiht.

Doch wer die Schlange anschaut, wird blind oder verrückt und stirbt am vierten Tage nach der Begegnung. So oder so ähnlich wird die Geschichte erzählt, hab ich recht?"

Anita nickte.

„*Woher kennst du diese Legenden?*", fragte sie dann verwirrt und nachdenklich. „*Bist du doch allwissend?*"

„*Nein*", lachte die Schlangenfrau, „*aber ich bin kreative Energie und ich kann mich mit deiner Energie und deinen Gedanken verbinden. Dort habe ich die Geschichte gesehen, aus den Bruchstücken, die dir noch im Kopf herumgeistern nach deiner Lektüre der vielen Legenden.*"

Dann wurde sie wieder ernster.

„Vergleiche die Geschichte mit den anderen, die du kennst. Geschichten über steinerne Herzen oder mutige Männer, die ausziehen, um Drachen zu töten, um in deren Blut zu baden und dadurch unverwundbar zu werden.

Oder die auf eine Mission oder eine Reise gehen, um ein schwieriges Abenteuer zu bestehen und dadurch zum Mann zu werden. Eine Initiation, ein Ritus, den die Indianer durch ihre Visionen bewältigen können und die sie nicht real erleben müssen."

Anita bekam leichte Kopfschmerzen und ihr wurde heiß. Die Schlangenfrau wurde vor ihren Augen ein wenig undeutlicher, wie ein verwackeltes Bild.

„Was ist los?", fragte sie erschrocken.

„Nichts, unser Gespräch ist nur beinahe beendet und du kannst wieder in deine Gegenwart zurückkehren. Aber vergiss nicht, was wir besprochen haben! Es gibt manchmal mehr als nur eine Wahrheit! Forsche, lerne, überlege …"

Die Schlangenfrau rief ihr noch mehr hinterher, aber Anita konnte nur sehen, dass sie den Mund bewegte, die Worte drangen nicht mehr an ihr Ohr.

Die Quelle und die Frau, die eigentlich gar keine war, verblassten immer mehr und waren schließlich verschwunden. Dafür schälte sich nach einer kurzen Finsternis ein neues Bild ihrer Umgebung heraus.

Sie zwinkerte ein paar Mal, als das gleißende Sonnenlicht ihr direkt in die Augen schien.

„Aua, mein Kopf", entfuhr es ihr, als sie sich an die Stirn fasste. Das würde vielleicht eine Beule geben.

Der alte Aborigine sah ihr direkt in die Augen und grinste dann. Verständnislos starrte Anita zurück.

„War das Gespräch gut?", fragte er.

"Woher wissen Sie ...", begann Anita, doch der Alte winkte ab und stand auf.

"Es war eine Ehre für Sie, die Schlange zu treffen. Hoffentlich bewahren Sie ihre Worte auch in Ihrem Herzen und vergessen sie nicht!"

Er hatte seine kurze Rede kaum beendet, da war er schon auf und davon, um sich um die Kamele zu kümmern, die bereits auf den nächsten Touristenstrom warteten.

"Was war denn los mit dir?", fragte Gudrun, jetzt eher erleichtert als besorgt, nachdem Anita wieder bei Sinnen war.

"Ich weiß nicht genau, ich bin einem alten Mann gefolgt durch die Wüste in die Wildnis und habe mich an einer Quelle mit der Regenbogenschlange unterhalten", begann Anita.

Dann hörte sie abrupt auf, als sie ihrer Freundin ins Gesicht blickte.

"Ja, ich weiß, das hört sich furchtbar an. Aber so war es. Wie viele Stunden war ich denn bewusstlos?"

"Stunden? Wieso Stunden?", hakte Gudrun nach. Sie blickte auf ihre Armbanduhr, die sie als Linkshänderin an der rechten Hand trug.

"Du warst nur etwa zehn Minuten weggetreten. Vermutlich war die Hitze schuld und der Kreislauf. Du bist aufgesprungen und losgerannt und vermutlich war das einfach schon zu viel, da kam deinem Körper der Sturz gerade recht, um da mal den Stecker zu ziehen." Sie grinste.

"Am besten erzählst du deinen seltsamen Traum nicht unseren Jungs, sonst werden sie dich den restlichen Urlaub noch damit aufziehen. Komm, ich helf dir hoch. Geht's wieder?"

Gudrun zog Anita vorsichtig hoch und stützte sie vorsichtshalber, dann gingen sie ganz langsam zurück zum Campingplatz. Die Männer waren so vertieft gewesen in ihren Zeltaufbau, dass sie von all dem nichts mitbekommen hatten. Und Anita und Gudrun würden sich hüten, den Vorfall an die große Glocke zu hängen.

Anita hatte jedenfalls Einiges, über das sie nachdenken konnte. Und sie war fest entschlossen, mit ihrem neu gewonnenen Wissen verstärkt in den alten Legenden und Mythen zu lesen und zu forschen, denn die Schlange hatte ihr ja gesagt: *„Manchmal gibt es mehr als eine Wahrheit!"*

Abb. 4: Erster Kontakt zwischen Gweagal Aborigines und Captain James Cook an der Küste der Kurnwell Halbainsel, New South Wales

Quellangaben

Teil 1 Drachen

Bildquellen:

Die Drachen in der Legende

Abb. 1 „Herkules erschlägt die Hydra" / Hercules slaying the Hydra, 1545 (B.102, P.100 iv/iv) from The Labours of Hercules (1542-1548). Final state. 1545, Private collection, Scan by Yellow Lion, 2006, Reproduction of 2D artwork in public domain
https://commons.wikimedia.org/wiki/File:Hercules_slaying_the_Hydra.jpg

Abb. 2 „Begegnung mit dem Tatzelwurm", um 1660
Johann Jakob Scheuchzer (1723),
wikipedia, gemeinfrei,
https://commons.wikimedia.org/wiki/File:Houghton_Swi_607.23_-_Ouresipho%C3%ADtes_helveticus,_fig_X.jpg

Abb. 3 „Die Vernichtung des Leviathan", Gravur von Gustave Doré, 1865, (wikipedia, gemeinfrei)
https://de.wikipedia.org/wiki/Leviathan_(Mythologie)#/media/File:Destruction_of_Leviathan.png

Infos: Wikipedia, Die Bibel, Sagen des klassischen Altertums im Projekt Gutenberg:

https://gutenberg.spiegel.de/autor/gustav-schwab-540

Teil 2 Schlangen

Bildquellen:

Die Welt der Schlangen:

Äskulap-Stab (Luigi Chiesa, wikipedia, gemeinfrei)
https://de.wikipedia.org/wiki/%C3%84skulapstab#/media/File:Esclapius_stick_1.svg

Galaru, die Regenbogenschlange:

Abb. 1: Dinjimanne mit Frau und Tochter im Giles-West-Camp 1903, Herbert Basedow (1881-1933), gemeinfrei
https://commons.wikimedia.org/wiki/File:055_Dinjimanne_wife_daughter_w480.jpg,

Abb. 2: Aboriginal dwellings, Hermannsburg, Northern Territory 1923, Herbert Basedow, gemeinfrei
https://commons.wikimedia.org/wiki/File:186_Aboriginal_dwellings_w480.jpg

Abb. 3: Myndie ca.1878 (nach Aborigine-Zeichnung), Myndie ist eine mythologische Schlange der Aborigines aus Victoria, gemeinfrei
https://commons.wikimedia.org/wiki/File:Myndie_(Aborigines_of_Victoria).png

Abb. 4: Artwork depicting the first contact that was made with the Gweagal Aboriginal people and Captain James Cook and his crew on the shores of the Kurnell Peninsula, New South Wales, illustration from "Australia: the first hundred years", by Andrew Garran, 1886; public domain
https://en.wikipedia.org/wiki/Indigenous_Australians#/media/File:Indig2.jpg

Infos:
Über Coward Springs:
http://www.cowardsprings.com.au/

Über Drachen:
http://www.drachen-fabelwesen.de/drachen-lexikon-schlangen-gott-goetter.html

Über die Regenbogenschlange und die Traumzeit:
http://www.aboriginal-dreamti-me.net2go.info/Aboriginal/Aboriginal_Dreamtime.htm#Dreamtime_-_Traumzeit

Über Schlangen:

https://www.vigeno.de/franz-ludescher/feng-shui-schlange-spiritualitaet-free
https://gutenberg.spiegel.de/buch/sagen-des-klassischen-altertums-4962/1
https://de.wikipedia.org/wiki/Schlangen#Symbolik_und_Mythologie

Über Australien und die Koalas: Wikipedia

Lektorat: Katharina Lindner

Katharina Lindner, Jahrgang 1980, stammt ursprünglich aus Eisenach, wohnt jedoch derzeit mit ihrem Lebensgefährten in Oldenburg. Sie hat Germanistik und Soziologie studiert und arbeitet als Lehrerin an der Oberschule Rodenkirchen.

Die kreative Autorin hat bereits einen äußerst erfolgreichen Roman (eine Biografie) über den berühmten Schriftsteller Oscar Wilde veröffentlicht. Ihr Werk „Zeugnis einer Liebe" ist im Ancient Mail Verlag erschienen (ISBN 978-3-935910-27-9). Weitere Bücher sind in Arbeit. Demnächst erscheint ihr spannender Roman über die Geschichte Eisenachs.

** Die Autorin: Daniela Mattes **

Daniela Mattes, geb. 1970, Diplom-Verwaltungswirtin (FH) hat ihre schriftstellerische Laufbahn 2005 mit einem Kinderbuch begonnen.

Seither ist sie jedoch in jedem Genre vertreten und hat in verschiedenen Verlagen Kinderbücher, Fantasybücher, historische Romane, esoterische Bücher und Wahrsagekarten veröffentlicht.

Mit zwei Autorenkolleginnen hat sie lange Zeit die Kolumne „Federlesen" geschrieben, die zunächst in der Tageszeitung, dann als Printausgabe veröffentlicht wurde.

Für den Ancient Mail Verlag hat sie bereits einige Bücher ins Deutsche übersetzt.

Mehr Informationen:

Webseite: www.daniela-mattes.de

Oder auf der Seite des Ancient Mail Verlages:

https://www.ancientmail.de/autoren/daniela-mattes/

Weitere Bücher der Autorin (Auszug)

Galaru, die Regenbogenschlange

Eine schamanische Kurzgeschichte

Die Regenbogenschlange entspringt der Mythologie der australischen Ureinwohner, sie ist ein Wesen aus der Traumzeit. Das Buch erläutert vor der eigentlichen Kurzgeschichte einige Fakten zum Land und zur Mythologie. Abgerundet wird das Buch durch historische Bilder und Fotografien rund um das Thema, sodass sich Fakten und Mythologie vereint präsentieren.

E-Book, Ancient Mail Verlag

Fabel-haft
Fabelwesen neu interpretiert
Illustrationen von Martina Nowak

Drachen erfreuen sich in beinahe jeder Kultur großer Beliebtheit, wobei es aber hinsichtlich ihres Aussehens und Auftretens größere Unterschiede gibt. Genau wie in in diesem Buch, das in vier facettenreichen Kurzgeschichten einige suspekte Vertreter dieser Gattung darstellt (und zwar nicht als Märchen für Kinder!)

E-Book, Ancient Mail Verlag

Faszination Reinkarnation
Der erstaunliche Fall der Omm Sety

Ob es die Reinkarnation gibt oder nicht, ist umstritten. Doch immer wieder tauchen Fälle auf, die sogar Skeptiker ins Grübeln bringen. So auch der Fall der Engländerin Dorothy Eady, die bereits im Kindesalter darauf bestanden hat, früher in Ägypten gelebt zu haben.

Nach und nach kann sie sich detailliert an ihr damaliges Leben als Priesterin und heimliche Geliebte des Pharaos erinnern, der ihr nun auch regelmäßig im Traum erscheint und sich sogar vor Zeugen materialisiert.

Mithilfe ihrer Erinnerungen kann Dorothy selbst Ägyptologen und Archäologen verblüffen. Denn sie kann ihnen eindeutige Hinweise auf wichtige Fundstätten geben, in denen tatsächlich die vorher angekündigten Dinge ausgegraben werden.

Das Buch gibt Einblicke in ihre erstaunliche Geschichte und sucht mögliche Erklärungen dafür, wie Dorothy an das Wissen hätte gekommen sein können. Hat sie tatsächlich schon einmal gelebt oder war sie eine raffinierte Betrügerin?

Paperback, 132 Seiten, ISBN-13: 9783740762025, Twentysix

Mythos: Feen und Elfen - Gibt es sie wirklich?

Wir alle kennen Geschichten über Feen und Elfen. Alles nur wunderschöne Märchen - oder doch nicht? Auf der Suche in alten Sagen, Märchen und Überlieferungen lässt sich eine Vielzahl interessanter Anhaltspunkte dafür finden, dass es diese Wesen tatsächlich gibt oder gegeben hat. Doch was sind sie eigentlich?

Paperback, 160 Seiten, ISBN-13: 9783740743574, Twentysix

Baba Wanga
Auf den Spuren der blinden Prophetin

Die "blinde Prophetin" Baba Wanga ist in Ihrer Heimat Bulgarien längst eine Kultfigur, die sogar nach ihrem Tod im Jahr 1996 mit einem Staatsbegräbnis geehrt wurde.

Wer war die Frau? Hat sie tatsächlich über Außerirdische und die Ansiedlung der Menschen auf fremden Planeten gesprochen und das Ende der Menschheit gesehen? Was hat sie vorhergesehen? Was steht uns noch bevor? Diesen und anderen Fragen geht das vorliegende Buch nach.

Paperback, 132 Seiten, ISBN-13: 9783740752675, Twentysix